欧洲民间故事

赵零

著

图书在版编目（CIP）数据

欧洲民间故事 / 赵零著. — 南京：江苏凤凰文艺出版社, 2021.8
ISBN 978-7-5594-5106-4

Ⅰ. ①欧… Ⅱ. ①赵… Ⅲ. ①民间故事 – 作品集 – 欧洲 Ⅳ. ①I507.3

中国版本图书馆 CIP 数据核字（2020）第 159330 号

欧洲民间故事

赵零 著

责任编辑	白 涵
选题策划	麦书房文化
封面设计	80圆·小贾
责任印制	冯宏霞
出版发行	江苏凤凰文艺出版社
	南京市中央路 165 号，邮编：210009
网 址	http：//www.jswenyi.com
印 刷	北京尚唐印刷包装有限公司
开 本	880 毫米 × 1230 毫米 1/32
印 张	5
字 数	90 千字
版 次	2021 年 8 月第 1 版
印 次	2021 年 8 月第 1 次印刷
书 号	ISBN 978-7-5594-5106-4
定 价	32.00 元

江苏凤凰文艺版图书凡印刷、装订错误，可向出版社调换，联系电话 025-83280257

目 录

丹麦	飞箱	1
挪威	海水变咸的传说	10
意大利	长不大的牧羊人	19
意大利	聪明的牧羊人	28
俄罗斯	灰额猫、山羊和绵羊	38
法国	列那狐的故事	46
意大利	半身人	58
英国	三头井	68
意大利	卡耐罗拉	82
挪威	白熊国王瓦勒蒙	93
意大利	贝琳达与丑妖怪	106
俄罗斯	伊凡王子和青蛙公主	120
爱尔兰	康恩·艾达的故事	131
意大利	爱父亲如盐	143

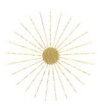

飞箱

（丹麦）

从前，有个商人很会赚钱，每投资一块钱都至少能赚回两块钱。钱只要经过他的手，就会像鸡生蛋、蛋生鸡一样不断繁殖。他家里大大小小的箱子里，都装满了金币和银币。有人说，如果把他积累的钱币拿出来，可以铺满整条大街。

不幸的是，商人有一个只会花钱不会赚钱的儿子。无论商人给他多少钱，他都能在一眨眼的工夫花完。商人对这个不争气的儿子非常失望，一次又一次地教育他，想让他学会节省，学会赚钱，可他还是除了花钱什么都不会。

不久之后，商人去世了，把所有的财富都留给了儿子。没有了父亲的约束，这个年轻人花起钱来更加肆无忌惮。他每天出门,都会带上满满一箱子钱,等他晚上回家的时候,无论多大的箱子,都会变得空空如也。人们震惊地看到,他用钞票做成风筝放到天上玩,甚至用金币朝水里的鸭子扔着玩。只要他开心,就会毫不犹豫地花光口袋里的钱。

父亲留给他的财富,虽然数量庞大,可也经不起他这样折腾。很快,所有的钱财都被他挥霍一空,所有的家当只剩下四枚硬币、一双拖鞋和一件旧睡衣。

当初每天跟在他身旁前呼后拥的人,一下子全没了影儿,甚至在街上碰到他的时候故意躲开。不过,有一个朋友倒是心肠不坏,看到他落魄的样子,送给他一个旧箱子,说:"你自己可能都已经忘了吧,这个箱子还是你当初装钱用的,现在我把它还给你,希望能对你有点用。"

这是一个看上去很旧的箱子,上面的油漆已经斑驳了,油漆上还描着一些神秘的花纹。要是以前,他对这样的旧箱子连看都不会多看一眼,而现在,这是仅剩的朋友送给他的东西,这让他很感动,便把箱子留了下来。

箱子很大,他的东西却很少,实际上,他已经没有什么东西可以装到箱子里了。不过,到了晚上他才发现,无家可归的他,刚好可以钻到箱子里睡觉。

就在他钻进箱子里的时候,神奇的事情发生了——箱子飞了起来。

原来，这是一个古老的魔法箱子，只要有人钻进去，箱子就会飞起来，而且还会按照主人的意愿起飞和降落。年轻人试着操作了几下之后，已经可以熟练地控制箱子飞行了。

这真是一个神奇的宝贝！他非常高兴，决定乘坐这只箱子去往世界各地旅行。于是，他在箱子里躺好，让箱子起飞。很快，箱子高高地飞上云端，向远方飞去。

他一路飞过很多国家，最后降落在土耳其。背着一只大箱子是一件很奇怪的事情，于是他把箱子藏在一个树林里，然后到城里闲逛。

很快，他在这里找到了归属感，因为他发现土耳其人跟他一样，喜欢穿着睡衣和拖鞋在大街上走来走去，这让他觉得很有趣。

在城里转了一圈之后，他发现整个城市最高的建筑是一个城堡，城堡上有一座高高的塔楼，塔楼的最上面留着一排窗户。他觉得这个城堡有些奇怪，便问旁边一个带孩子的保姆："你好，请问那个城堡是什么地方，窗户为什么那么高？"

"那是国王的女儿住的地方。"保姆回答道，"曾经有人预言，将来有一个向公主求爱的人，会给她带来不幸，所以国王不允许任何人接近她，并让她住在最高的那座塔楼里。"

听到这个消息，年轻人立刻对公主充满了好奇。他返回树林，找出自己的箱子，然后乘着它飞上天空，一直飞到那座塔

楼的窗口，从窗户爬进了公主的房间。

公主正在睡觉，年轻人来到床前，静静地看着她，被她美丽的容貌深深吸引，眼睛一刻都不愿意挪开。公主熟睡的样子，就像一只安静的小鹿，年轻人情不自禁地低下头，轻轻地吻了她。

公主惊醒了，她看到一个陌生人突然出现在自己面前，被吓坏了。

年轻人连忙对公主说："请不要怕，我是天上的神仙，是被你的美丽吸引才专门飞到这里来的。"

公主知道，自己住的这个地方，是任何人都不可能爬上来的，所以她相信了年轻人的话，脸上泛起了笑容。年轻人看到公主笑起来的样子，更加美丽动人，心都要被融化了。

于是，他拉起公主的手，真诚地告诉她，她是多么光彩照人，从见到她的第一刻起，他就陷入了对她的深深迷恋。无论是她安静入睡的脸庞，还是笑靥如花的样子，都是那样纯洁美好，那么高贵动人。

随后，他深情地向公主求婚。公主也对他充满了好感，便毫不犹豫地答应了。

"这个星期六你一定要过来。"公主对他说，"虽然我答应了你，但还需要我的父王和母后同意才行。星期六那天，他们会来这里喝茶，你来见见他们，如果他们知道我找了个神仙做丈夫，一定会非常高兴的。不过，为了保险起见，你最好准备一些好听的故事，因为他们都特别喜欢听故事，父王喜欢听幽默故事，母后则喜欢听寓言故事。"

"好的，我一定好好准备，我还会为我的新娘带来一个童话故事！"说完，年轻人便乘着飞箱离开了。

按照公主的嘱咐，他想编一个精彩的故事，能够让国王和王后都喜欢。于是，在接下来的几天里，不论白天还是夜晚，他都在用心地琢磨如何编故事。直到星期五的晚上，他终于把故事编好了。

星期六一早，他换上公主为他准备的新衣服，去见国王和王后。国王和王后举行了隆重的仪式，欢迎年轻人的到来，包括宫廷重要的官员在内，很多人都参加了这次会面。随后，他们坐下来喝茶、聊天。

"你能给我们讲个故事吗？"王后问道，"讲个发人深省的故事。"

"这个故事最好还能让人发笑。"国王说。

"当然可以。"年轻人说，"下面我就开始讲了，请大家仔细听吧。"

随后，年轻人给大家讲了这么一个故事：

从前，有一盒火柴，躺在厨房的火绒盒和旧铁壶中间，他经常向周围人讲述自己荣耀的过去，如何从一棵高贵的枞树变成现在的样子,说着说着就痛恨起那些伐木工人来,如果不是他们,他现在还能够每天喝着像钻石一样晶莹的露水茶,一边晒着太阳,一边听小鸟唱歌,那才是惬意而高贵的生活。

旁边的铁壶却认为,自己每天最大的乐趣就是舒舒服服地躺在那里,跟朋友们聊聊天,这样就很惬意了。

火柴对他很不屑一顾,他想跟周围人争论一番,到底谁才是最高贵的。

于是,橱柜里的盘子、炉灶下的火钳、桌子上的咖啡壶、窗台上的鹅毛笔全都加入了讨论。大家争论不休,互相炫耀着自己的才能,谁也没办法说服对方。

就在这时,厨房的门突然开了,女仆走了进来,所有人立刻安静下来。虽然不再说话,但他们还在内心深处暗想,自己都可以做些什么,自己到底有多么了不起。

这时,女仆拿起火柴,划着了他。顿时,熊熊的火焰包裹了他,让他全身都发出耀眼的光芒,还响起噼噼啪啪的声音。

火柴立刻激动地冲周围人大喊:"快看吧,我才是最最厉害的!我是多么光芒四射,我给世界带来了光明!"

可是,他的话还没说完,就被烧成了灰烬。

年轻人的故事讲完了,王后听得出了神,她感叹道:"这是一个多么动听的故事啊!我甚至能体会到那盒火柴内心的感情!非常好,你可以娶我们的女儿!"

"当然，那还用说！"国王说，"你跟公主星期一就结婚！"

随后，他们拉着年轻人的手，和他谈笑风生。看得出来，他们已经完全接纳了年轻人，把他当成了家人。

公主的婚讯传播开来，全国上下张灯结彩，像在庆祝一个隆重的节日。在举行婚礼的前一天晚上，整个城市灯火辉煌，人们聚集在街道上、广场上，形成了一片欢乐的海洋。

年轻人看着大家热闹的场面，心想："我应该在他们面前露一手，来增添一点气氛！"

他买来很多烟花，放到飞箱里，然后飞到空中点燃。一时间，天空中接连绽放出大朵大朵的焰火，每一朵都是那样绚丽。人们的赞叹声此起彼伏，大家纷纷感叹：这么五彩斑斓的景象，只有神仙才能带来。年轻人在空中听到这些称赞，心里得意极了，他一股脑儿地把剩下的烟花全都点燃了。

随着一声巨响，夜空中绽放出一朵奇大无比的焰火，几乎占据了半个天空。所有人都情不自禁地发出一声惊叹——天哪，太美了！大家都毫不犹豫地认为，自己从未见过比这更壮观的景象。

对于年轻人来说，这一刻也是他一生中最绚丽的瞬间，因为下一秒，他的飞箱便被烟花点燃，开始失控，像断线的风筝一样向大地飘落。

年轻人摔到一片灌木丛里，头发和眉毛都被烧焦了，脸上一片漆黑,狼狈极了。他顾不上那么多,连忙寻找自己的飞箱,可惜一切都已经晚了,那个带有魔法的箱子在降落的时候已经被烧成了碎片。

年轻人再也不能飞到空中了,也没办法去迎娶他那美丽的新娘了。

可怜的公主每天都在高高的塔楼上向窗外张望,等待着那个从天而降的神仙来迎娶自己,可惜她再也等不到了。

年轻人开始在世界各地流浪,他最喜欢做的事情,就是给人们讲故事。他编了很多很多故事,有寓言故事,有幽默故事,也有童话故事。每一个故事他都讲得绘声绘色,让听故事的人入了迷。大家都觉得,他天生就是一个讲故事的高手。

可是,只有他自己知道,无论他现在编了多少个故事,都没有当初为公主准备的那个故事动听。

海水变咸的传说

（挪威）

很久很久以前，在一个很远的地方生活着兄弟俩，其中一个非常富有，另外一个则穷得叮当响。

富兄弟是一个盐商，多年来，他靠卖盐赚了很多钱，专门在一个小岛上买了一座豪宅，平时都生活在岛上。

穷兄弟呢，家里真是一贫如洗，吃了上顿没下顿，他的妻子和孩子经常会饿肚子。这一天，他家里又揭不开锅了，妻子对他说："家里连一点吃的东西都没有了，难道你就这样眼睁睁地看着一家人饿死吗？你的兄弟那么有钱，你不能去找他要一点吗？"

"你也知道，我那个兄弟是个吝啬鬼。"穷兄弟说，"我敢肯定,他一分钱也不会给我,能给我一把盐就算不错了。"

"你不去试试,怎么知道他会给你什么呢?"妻子说。

"好吧,那我就去见见他。"

于是,穷兄弟离开家,驾着一艘小船,来到富兄弟居住的小岛。穷兄弟来到富兄弟富丽堂皇的家中时,刚好看到他正在数钱。

"你怎么来了?有什么事吗?"富兄弟显然因穷兄弟的到来而有点不太高兴。

"实在抱歉,兄弟,我家里一点吃的都没了,请你从正在清点的金币里拿一枚给我吧!"

"不行,这些钱可都是我的!"富兄弟说,"你呀,就是太懒了,你为什么不去找点活干呢?"

"我已经很努力地去找活了,可是这年头太难找了。兄弟,你要是不给我点钱,家里连给孩子吃的面包都没有了。"

"钱我是不会给你的。"富兄弟说,"不过,如果我给你一块面包,你能赶快走,别再来了吗?"

"好吧,那就请你给我一块面包吧!"

富兄弟走进厨房,取出一块面包,扔给自己的穷兄弟,把他打发走了。

穷兄弟拿着那块讨来的面包,心灰意冷地走在回家的路上。虽然今天有了一点吃的,可是明天又该怎么度过呢?他完全不知道。

快要到家的时候,穷兄弟看到一个老人,样子很虚弱,正痛苦地坐在路边。老人看了穷兄弟一眼,冲他喊道:"你手里拿的是面包吗?"

穷兄弟回答:"是的。"

老人叹了口气,说:"唉,我已经两天没吃东西了……"

"这块面包是我好不容易讨来的,要拿给我的孩子吃。"穷兄弟说,"不过,我也不忍心看到别人挨饿。老人家,我切一片面包给你吧!"

说着,穷兄弟切下一片面包,递给那位老人。老人向他连声道谢,接过面包吃了起来。

吃完面包之后,老人对穷兄弟说:"你是一个好心人,现在我要为你做点什么。我可以带你去住在地下的妖精的家,如果他们看到你手中的面包,就会买下它,这样你就可以找他们要你想要的东西。记住,别要他们给你的钱,如果他们问你想要什么,你就告诉他们,你只想要门后面的那个旧磨。如果你能按照我说的去做,你很快就会变得富有。等你带着旧磨回来,我会教你如何使用。"

随后,老人带着穷兄弟来到森林里,在地面上找到一个黑洞洞的洞口,里面漆黑一片。老人点燃一支火把,带着穷兄弟钻了进去。越往里走,空间越大,最后,他们来到一扇石门跟前。

老人对穷兄弟说:"这里就是妖精的家,你把门打开进去吧,他们不会伤害你的。你拿到旧磨就出来,我在这里等你。"

穷兄弟小心翼翼地推开门,走了进去。里面一片漆黑,什么都看不见。他一点一点地向前摸索,慢慢有了一些光线。等他能看清周围的事物时,才发现身边围了很多身材矮小的妖精,都在好奇地打量着他。

"咦,你手里拿的是什么?"有个妖精问,"是白面包吗?天哪,请把它给我们吧,或者卖给我们!"

"我们可以用金子、银子买你的面包!"另一个精灵说道。

"我们还可以给你珠宝和钻石!"其他精灵喊道。

"不!"穷兄弟语气坚决地说,"我不要金子和银子,也不要珠宝和钻石。如果你们想做这笔交易,就把你们门后面的那个旧磨给我吧!"

妖精们听完穷兄弟的要求,开始都不同意用旧磨换面包,有几个甚至要转身离开。不过看得出来,他们都非常想得到那块面包。他们慢慢地改变了想法,有几个妖精说:"既然他想要旧磨,那就给他吧,反正我们也用不着。再说了,只有好人才能用它,我们也没什么好担心的。"

于是,妖精们把旧磨给了穷兄弟,交换了他的面包。穷兄弟抱着那个旧磨,沿着来时的路走出石门,那个老人还在门外

等他。

老人看到穷兄弟怀里的旧磨,高兴地说:"就是它,这个东西只有好人才能用,我现在就把使用方法告诉你。切记,千万不能让别人使用这个旧磨,否则会大祸临头。"

老人把旧磨的使用方法告诉给穷兄弟,然后便离开了。穷兄弟急忙抱着旧磨向家里跑去,等他到家的时候,天已经很晚了。

"你怎么现在才回来呀!"妻子有点不满地说,"你看看,家里没有火烤,也没有饭吃,孩子们又冷又饿,闹个不停……你怀里抱的是什么?看着像一个旧磨——别告诉我出去一天,就带回来这么一个东西!"

"确实是个旧磨,"穷兄弟说,"但它是一个神奇的东西!"

说着,他把旧磨放到桌子上,然后对妻子说:"现在让我们来试一试吧,快说你想要什么?"

"想要什么?我当然想要一些吃的,哪怕一块面包也好!"

妻子说完,穷兄弟开始转动旧磨。转眼间,一大块美味的面包就出现在他们面前,妻子惊讶得睁大了眼睛。

"接下来,你还想要什么?"

"如果可以,就再来一些烤肉和牛奶吧,最好再来一些柴火,我去把火生起来,屋子里太冷了……"

妻子一边说,穷兄弟一边转动旧磨。很快,他们的屋子里便有了各式各样的东西,有烤肉、牛奶、柴火,有点灯和做饭用的油,还有衣服、粮食等各种他们需要的东西。

"天哪,这真是一个神磨!"妻子惊叹道,"这下我们富有了,不用为以后的生活发愁了!"

"是的,这的确是一个无价之宝。"穷兄弟说,"不过,你要记住,一定不能让别人知道它,我们必须把它藏起来,只能在没人看见的时候用。"

妻子点点头,她到现在还感觉像是在做梦。

很快,穷兄弟变得越来越富有,甚至远远超过了他的富兄弟。与他那位吝啬鬼兄弟不同的是,他善良而又慷慨,经常接济那些穷苦的朋友,让大家的生活都慢慢变好起来。

穷兄弟家的变化,很快引起了富兄弟的注意。他不明白自己的穷兄弟为什么突然这么富有了,这让他非常好奇。他去找穷兄弟问了很多次,始终没有得到一个令他信服的答案。后来,他给了一个仆人一些钱,让他每天晚上偷偷溜到穷兄弟家,观察他到底有什么异常的举动。

终于有一天,那个仆人趴在窗外,发现了那个旧磨的秘密,他连忙跑回去报告给富兄弟。

第二天,富兄弟驾着船,从他住的小岛赶过来,对他的穷兄弟说:"我已经知道你变富有的秘密了,把你的神磨卖给我吧,告诉我你想要多少钱。"

"我不能卖掉它!"穷兄弟说,"当初那个老人警告过,如果我把它给了别人,就会招来大祸。具体会发生什么我也不清楚,但肯定是很可怕的事情!"

富兄弟看到穷兄弟坚决的样子,知道自己无法如愿,只好驾着船回家去了。不过,他并没有死心,而是每天都在想方设法地要得到那个神磨。

在一个漆黑的夜晚,富兄弟悄悄来到穷兄弟家,趁着他们一家人都在熟睡,偷走了让他魂牵梦绕的神磨。

富兄弟紧紧地抱着神磨,飞快地跑到岸边,跳到他的小船上,然后驾着船向他的小岛驶去。小船一离开岸边,富兄弟便迫不及待地想要验证神磨的神奇。

"我应该要点什么呢?"他自言自语道,"我是卖盐的,每天打交道最多的就是盐了,就让它给我一些盐吧,越多越好!"

说完,他便开始转动神磨。紧接着,白花花的盐像泉水一样从磨盘之间涌了出来。富兄弟高兴极了,他伸出颤抖的双手,捧着雪白的盐,兴奋地唱起歌来。

很快,从神磨里涌出来的盐越来越多,船舱里出现了一个盐堆。富兄弟想让它停下来,他对着神磨又喊又叫,可是一点用也没有,雪白的盐依旧像潮水一样喷涌而出。

富兄弟有点慌了,因为船已经被压得开始下沉了。他拼命地把船上的盐往海里扔,可是旧磨里还在涌出更多的盐,很快把整个船舱都堆满了。

慢慢地,海水漫过了船舷,流进了船舱。船沉了,连同船上的富兄弟和他偷来的神磨。

神磨直到沉到海底,还在一刻不停地转着,向外研磨出越来越多的盐,这些盐统统融化到了海水里。从此以后,海水便变得越来越咸了。

长不大的牧羊人

（意大利）

从前，有一个小牧羊人，个子又瘦又小，非常调皮，平时很喜欢搞恶作剧。

这一天，在去放羊的路上，小牧羊人碰到了一个卖鸡蛋的农妇。农妇头上顶着一个竹篓，竹篓里装着满满的鸡蛋。小牧羊人从路边随手捡起一块石头，朝农妇的竹篓扔去。石头精准地落到竹篓里，把里面的鸡蛋全打碎了。

农妇非常生气，冲着小牧羊人大声喊道："你这个熊孩子，平白无故打烂我的鸡蛋，我要诅咒你永远长不大，除非你能找到住在三颗会唱歌的苹果里的美女巴尔加利娜！"

从此以后，这个诅咒便生效了，小牧羊人始终都是一副又瘦又小的样子,再也没有长大。他的妈妈想给他补充点营养,结果越补身体越瘦小。

妈妈觉得非常奇怪,便问道:"这是怎么回事?你是不是又做什么坏事了?"

小牧羊人刚开始还支支吾吾地不肯坦白,后来在妈妈的追问下终于道出实情,告诉了妈妈有关那个农妇诅咒的事情。

妈妈听完事情的经过,对小牧羊人说:"既然这样,也没有别的办法了,你只能去找那位美女巴尔加利娜了。"

妈妈给他准备了一些干粮和行李,打成一个包裹,小牧羊人背着它便出发了。

小牧羊人路过一座桥,看到上面有一个小小的美人,正坐在一个核桃壳里荡秋千。

"来的人是谁?"小小的美人问。

"你的朋友。"小牧羊人回答。

"离我近一点,让我看看你是谁。"

小牧羊人来到她跟前,问道:"我在找美女巴尔加利娜,她住在三颗会唱歌的苹果里,你知道她在哪儿吗?"

"不知道。"小小的美人说,"不过,我可以把这块石头送给你,它以后一定会帮到你的。"

小牧羊人接过石头,向小小的美人道了谢,继续向前走去。

不久之后,小牧羊人又路过了一座桥,看到上面也有一个小小的美人，正在一个鸡蛋壳里洗澡。

"来的人是谁？"小小的美人问。

"你的朋友。"小牧羊人回答。

"离我近一点，让我看看你是谁。"

小牧羊人来到她跟前，问道："我在找美女巴尔加利娜，她住在三颗会唱歌的苹果里，你知道她在哪儿吗？"

"不知道。"小小的美人说，"不过，我可以将这把象牙梳子送给你，它以后一定会帮到你的。"

小牧羊人把象牙梳子装进口袋，向小小的美人道了谢，继续向前走去。

前方有一条小溪，小溪的水流很急，水面上弥漫着一层水雾，有个人正在溪水边往袋子里装雾气。小牧羊人走上前，向他打听美女巴尔加利娜的消息。

那个人摇了摇头，说："我不知道，不过我可以送你一袋雾气，以后它一定能帮到你。"

小牧羊人收下装雾气的袋子，向他道了谢，沿着小溪继续往前走。

前面出现了一个磨坊，磨坊的主人是一只会说话的狐狸。小牧羊人走上前，继续打听美女巴尔加利娜的消息。

狐狸说："你算是问对人啦，我知道美女巴尔加利娜在哪儿，不过你想要找到她可不容易。你沿着这条路继续往前走，当看到一个开着门的房子,就走进去,你会看到房子里有一个挂着很多小铃铛的水晶鸟笼,笼子里装着的就是那些会唱歌的苹果。你必须拿到那个鸟笼,但是一定要记住,有个可怕的老太婆看守着它。这个老太婆睡着的时候会睁着眼,醒着的时候却闭着眼。"

小牧羊人按照狐狸的指点,果然找到了那个开着门的房子。走进去之后,他看到了那个老太婆,她正坐在屋子中间的椅子上,一动不动,眼睛是闭着的,看上去跟睡着了一般。小牧羊人知道,实际上她是醒着的,所以没有轻举妄动。

老太婆发现进来了一个陌生人,便对他说:"小伙子,你来得正好,快帮我看看我头上是不是有虱子。"

小牧羊人来到老太婆跟前,拨弄着她的头发,帮她捉虱子。过了一会儿,传来老太婆均匀的呼吸声,眼睛慢慢睁开了。小牧羊人知道,实际上她睡着了。于是,他离开老太婆,在屋子里寻找,果然看到一只水晶鸟笼。他把水晶鸟笼抱在怀里,飞快地向门外跑去。

这时,鸟笼突然发出叮叮当当的声音——是挂在鸟笼上的小铃铛被触动了。铃铛的声音一响,老太婆一下子被惊醒了,她在后面大喊大叫,让小牧羊人把鸟笼还回来。已经跑到屋外的小牧羊人,根本不管老太婆的喊叫,越跑越快。

老太婆念起咒语,瞬间出现了一百匹快马,马上坐着威武的骑士。老太婆向骑士们发出命令，去把小牧羊人抓回来。

骑士们策马扬鞭飞快地追来，小牧羊人回头一看，为首的那位骑士就要追上自己了。他想起路上别人送给自己的东西，说不定真有什么用，便从口袋里取出第一位小美人送给他的那块石头，朝身后扔去。神奇的事情发生了，那块石头落地之后，越变越大，很快变成了一座大山，上面布满了岩石和沟壑，骑士们根本无法再继续追赶。无奈之下，他们只好回去向老太婆报告。

老太婆不甘心，再次念起咒语，这次派出了两百位骑士。这些骑士的马匹更加健壮，轻易地翻过了那座石头大山，眼看又要追上小牧羊人了。小牧羊人连忙把手伸进口袋，将那把象牙梳子扔了出去。神奇的事情又发生了，象牙梳子落地之后，变成了一座陡峭而光滑的大山，山体就像竖着的玻璃一样，骑士们刚冲到半山腰就全部滑了下来，摔得死的死、伤的伤。

老太婆这下火了，直接派出三百位骑士，每位骑士都骑着更加健壮的马，一个个健步如飞，轻轻松松地跨过了象牙梳子变成的大山。小牧羊人一看，连忙扔出那一袋雾气。顿时，身后大雾弥漫，伸手不见五指，骑士们在大雾中全都迷失了方向。

后面终于没有追兵了，小牧羊人也跑累了，他感到又渴又饿，决定把水晶鸟笼里的苹果拿出来吃。他正准备把苹果切开，突然听到一个柔细的声音说："小心点切，注意别伤到我。"

小牧羊人小心翼翼地切开苹果，吃了一半，把另一半放到口袋里，然后继续赶路。

他来到自己家附近的一口井跟前，想把剩下的一半苹果吃掉，便伸手到口袋里掏，结果掏出来一个娇小玲珑的美女。

"你是谁？"小牧羊人问。

"我就是美女巴尔加利娜。"小美女说，"别光顾着自己吃，我也饿啦。我喜欢吃米糕，你去给我找一块米糕吧。"

小牧羊人把美女巴尔加利娜放到井口的盖子上，让她等一会儿，他找到米糕之后很快就会回来。

这时，一个面相丑陋的女仆来井边打水，看到井盖上坐着一个娇小的姑娘，长得还非常好看，心里顿时充满了嫉妒："我长这么大却这么难看，你长这么小却这么漂亮，哼，太不公平了！"

说着，女仆一把抓住美女巴尔加利娜，打开井盖，把她扔进了井里。

过了一会儿，小牧羊人回来了。他到处寻找美女巴尔加利娜，却怎么也找不到，心里难过极了。

不久之后，小牧羊人的妈妈也到这口井里打水，结果打上来一条鱼。她把鱼带回去，做成煎鱼给家里人吃。大家吃完鱼之后，把鱼刺扔到了窗外。很快，鱼刺落下的地方长出了一棵树，而且越长越高，很快把窗户全挡住了，屋子里一丝阳光都进不来。于是，小牧羊人拿起斧头，砍掉了这棵树，把它劈成很多柴，供家里做饭用。

后来，妈妈去世了，小牧羊人开始独自一人生活。由于美女巴尔加利娜不见了，他身上的诅咒一直没有解除，身体还是像以前那样又瘦又小。他每天一大早就出去放羊，天黑的时候才回家。

这天晚上，小牧羊人回家之后，发现早上留下的盘子和碗都被洗干净了，家里也被收拾得井井有条。他感到非常奇怪，决定看一看到底是谁在帮自己。

第二天，他像往常一样早早地就出了门，随后又悄悄跑回来，躲到门后偷偷观察。过了一会儿，从厨房那边传来一阵声响，只见一个小小的美女从柴堆里钻了出来，开始刷锅洗碗、收拾房间。干完活之后，她还打开橱柜，拿出一块米糕吃起来。

小牧羊人从门后面跳出来，来到那个小美女跟前，惊讶地发现她正是美女巴尔加利娜。

"你怎么会在这里？以前我在井边找了你好久，以为你丢下我走了。"

"我呀，先是被一个高个子女仆扔到了井里，变成一条鱼，被你妈妈捞了上来。后来，我又变成鱼刺，被你们扔到窗外。然后我又变成一棵树的种子，长呀长呀长成了一棵大树。再往后你就知道了，你把我劈成柴，放在这一堆柴火里。每天你一出门放羊,我就变回美女巴尔加利娜。"

小牧羊人非常高兴,他终于找回了美女巴尔加利娜。从这一天开始,他的身体一点点长大,美女巴尔加利娜也跟着他一起长。不久之后,小牧羊人便长成了一个英俊的小伙子,他和美女巴尔加利娜结了婚,两个人幸福地生活在一起。

聪明的牧羊人

（意大利）

从前，有一个牧羊人，在放羊时弄丢了一只羊，被他的继母打骂一通之后赶出了家门。牧羊人独自在荒郊野外漫无目的地走着，不知道该去哪里。天快要黑了，他需要找个地方过夜。找来找去，他发现了一个山洞，于是找来一些干草和树叶，铺在山洞的一个角落，他躺到上面，凑合着睡了。

刚睡着不久，一个陌生的声音突然在他耳边响起："你真是好大的胆子，竟敢跑到我的地盘上睡觉！"

牧羊人顿时惊醒了，睁开眼睛，看到黑暗中有一个巨大的身影，虽然看不清对方的样子，但是能感受到他浑身散发着的怒气。

牧羊人连忙解释道:"我是一个牧羊人,不小心弄丢了一只羊,被我的继母赶了出来,天黑了无处落脚,才想着在这里过夜。我真的不是故意闯进来的,请原谅我的冒失吧!"

那个人听完牧羊人的话,怒气似乎消了一些。牧羊人站起身,让出自己睡觉的地方。那个人看了看牧羊人铺出的"床",好奇地说:"你还挺聪明啊,居然会在睡觉的地方铺上干草和树叶。我在这里睡了这么多年,从来没想过这样做。"

牧羊人示意对方躺到上面,那个人很高兴地躺了下去,然后告诉牧羊人可以在旁边重新收拾一个地方睡觉。牧羊人按照说的做了,不过他完全没有了睡意,躺在上面闭着眼睛,假装已经睡着。

那个人以为牧羊人睡着了,躺在那里喃喃自语道:"这个小伙子是个不错的人,把他收拾好的床铺让给我睡,我不能白拿他的好处,得回送给他一些礼物才行。对了,我可以送他一块餐巾,每次他打开餐巾都能得到想要的饭菜;我还可以送他一个盒子,每次他打开盒子都能拿到一枚金币;还有那架手风琴,我也可以送给他,只要他拉响手风琴,听到琴声的人就会不停地跳舞。"

牧羊人在旁边静静地听着,心里暗暗觉得好笑,他认为那个人说的简直是天方夜谭,如果不是在说梦话,就是在胡言乱语。不知不觉中,他竟然睡着了。

第二天早晨，牧羊人睁开眼，发现旁边的铺位空空荡荡的，那个人不见了。不过，在干草和树叶的旁边，真的留有一块餐巾、一个四四方方的盒子和一架手风琴。这个时候他才意识到，昨晚那个人说的话都是真的，他连忙喜出望外地带上这三样东西离开了。

牧羊人有了这三样东西，再也不用为吃喝发愁，也有了花不完的金币，他每天到处游走，去了很多地方。

这一天，他来到一座热闹的城市，看到人们都在围观国王发布的一条告示，上面写着国王要举办一场比武大会，获胜者可以娶公主为妻。牧羊人心动了，决定去试一试。他用从盒子里取出的金币买了一匹马、一套盔甲，又雇了几个仆人，对外谎称自己是葡萄牙国王的儿子，报名参加了比武大会。

在比武大会上，牧羊人表现得非常突出，战胜了所有的对手；加上他又有着王子的身份，国王对他非常满意，当众宣布了他和公主的婚事。随后，国王还邀请牧羊人前往王宫参加王室的宴会。

然而，牧羊人来到王宫之后，很快便惹了大麻烦。他根本不懂得王室的礼仪，吃饭直接用手抓，擦手直接用餐桌布，跟侯爵夫人打招呼的时候，直接拍对方的肩膀。这些举止让人对他的王子身份产生了怀疑。国王暗中派人前往葡萄牙调查，结果得到的消息是，葡萄牙王子根本没有离开王宫。国王发现自己被愚弄了，非常生气，派人把牧羊人关进了监狱。

监狱的犯人听说了牧羊人的事情，都纷纷嘲笑他，说他一个放羊娃竟然想娶公主，真是癞蛤蟆想吃天鹅肉。牧羊人任凭大家讥讽自己，一句话也不说。到了午饭时间，狱卒送来犯人们的午餐，照旧是难以下咽的水煮豆子。尽管难吃，犯人们还是争先恐后地去抢，只有牧羊人坐在那里一动不动。

等所有人都吃完之后，牧羊人拿出了他那块神奇的餐巾。在众人好奇的目光中，他举着餐巾，口中念念有词，然后轻轻一挥，一堆美味的食物立刻出现在他面前：冒着热气的烤肉、柔软的面包、香喷喷的浓汤，还有诱人的葡萄酒……其他囚犯看着眼前的一切，都震惊得说不出话来。牧羊人笑着招呼周围人来吃，大家开心极了，一起享用了一顿丰盛的午餐。

囚犯们的欢声笑语引起了狱卒的注意，狱卒看到眼前的场景，觉得非常怪异，连忙前去禀报了国王。

国王不太相信狱卒的话，亲自前往监狱查看。当他看到牧羊人面前摆放的一堆空盘子和空酒瓶时，还是有点不太相信自己的眼睛。牧羊人看着诧异的国王，微微一笑，举起他的餐巾说："快给尊贵的陛下来一瓶好酒！"

话音刚落，一瓶包装精美的葡萄酒便出现在国王面前。国王尝了一口，发现这瓶酒的味道比自己喝过的最好的酒还要美味百倍。他觉得这块餐巾实在太神奇了，便问牧羊人："你把这块餐巾卖给我可以吗?"

"可以的,陛下,"牧羊人说,"只要您答应我一个条件,这块餐巾就是您的了。"

"什么条件?"

"您要答应让我和公主共进晚餐。"牧羊人说,"话说回来,您也是同意了的,我本来就是她的丈夫,和自己的妻子吃一顿饭没有什么吧?"

"好,我答应你。"国王说,"不过,我也有个条件,你和公主吃饭的时候,不能说话,房门要开着,我还要派八个侍卫看着你们。如果你同意,我就答应。如果你不同意,这件事就算了。"

"没问题,陛下,"牧羊人说,"那就这么说定了。"

于是,国王拿走了那块餐巾。当晚,国王遵照约定,让牧羊人和公主共进晚餐,但是他们没有说一句话,有八个侍卫在旁边看着他们。晚餐过后,侍卫们又把牧羊人送回了监狱。

囚犯们看到牧羊人,又开始嘲笑他:"你真是个傻瓜,就为了跟公主吃顿饭,丢掉了那么好的一个宝贝!现在没有了那块神奇的餐巾,我们只能继续吃水煮豆子了!"

牧羊人笑着说:"别着急,有钱还愁吃不到好东西吗?"

"钱?哪来的钱?"

在众人疑惑的目光中,牧羊人拿出了那个神奇的盒子。他口中念念有词，轻轻打开盒子，从里面取出一枚闪闪发光的金币。牧羊人把金币交给狱卒，让他去附近的饭店买一桌丰盛的饭菜。狱卒接过金币，连忙又去国王那里禀报。

国王来到监狱，看到了那个神奇的盒子，又想把它收入囊中。牧羊人提出了跟上次一样的条件，国王也按照上次的要求答应了他。于是，第二天晚上，牧羊人又和公主共进了晚餐。他们还是没有说一句话，有八个侍卫在旁边看着他们。晚餐过后，侍卫们又把牧羊人送回了监狱。

囚犯们见到他，又开始嘲笑道："现在连那个神奇的盒子也没有了，以后我们只能吃水煮豆子了，这下你高兴了吧？"

"别着急，"牧羊人笑着说，"就算吃不到好东西，我照样可以让大家高兴。"

说着，牧羊人拿出那把神奇的手风琴，开始演奏起来。琴声响起，囚犯们立即跟着节奏跳起舞来。大家手舞足蹈，脚上的铁镣互相碰撞，叮叮当当响成一片。狱卒听到动静前来查看，结果也跟着琴声跳起了舞。

琴声带着魔力，越传越远。大街上的人们听到了，都跟着跳起舞来；王宫里的卫兵听到了，也情不自禁地跳起舞来；正在宫殿里举行宴会的国王和宾客们听到了，也不受控制地跳起舞来。一时间，从上到下，从国王到大臣，从宫女到仆人，全都在跳舞，整个王宫乱成一团。国王向大家下令，立即停止跳

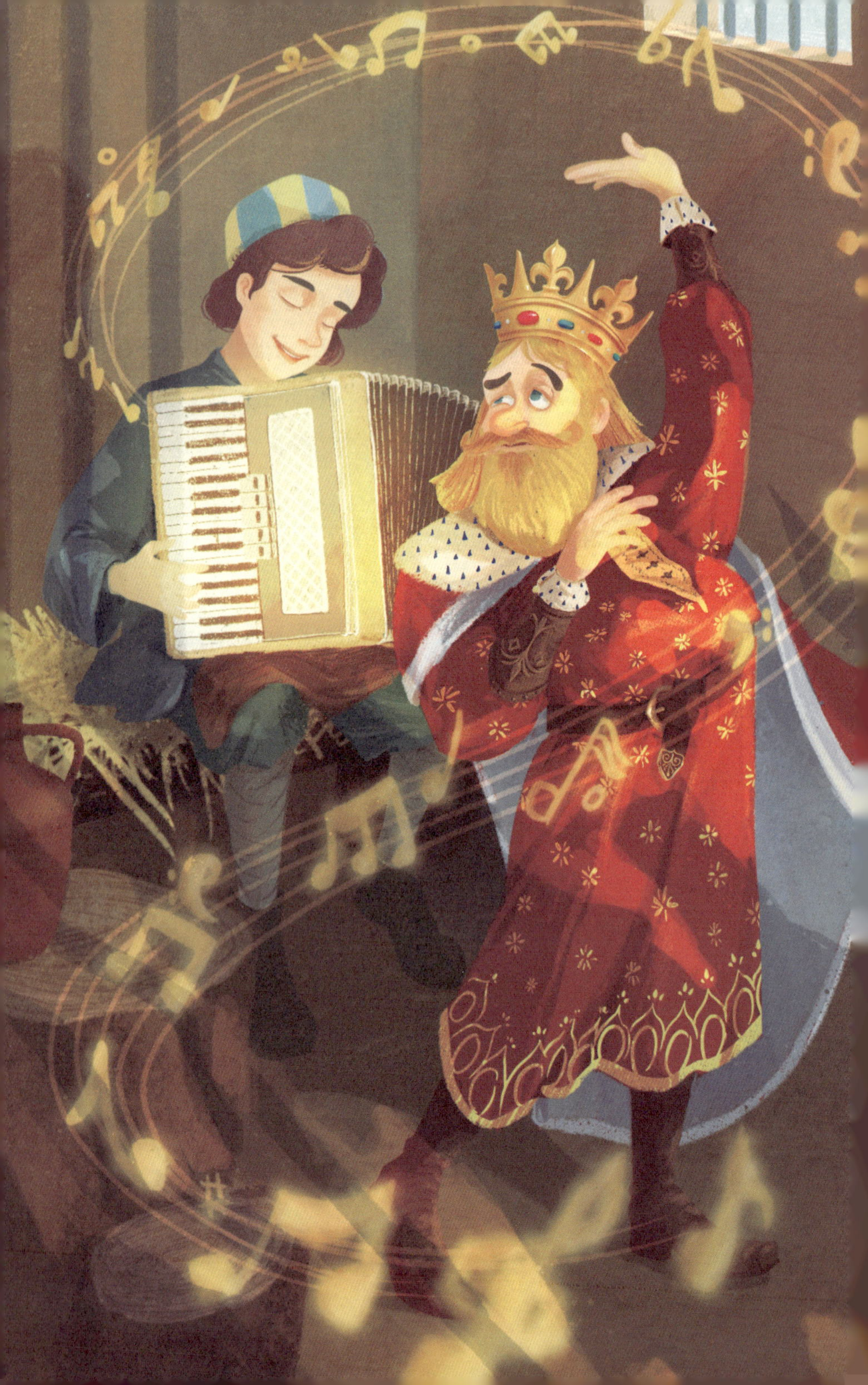

舞,可没有一个人能够遵守,就连他自己也停不下来。

这时,牧羊人突然停止了演奏,所有人终于停了下来,大家一个个累得浑身发软,简直要瘫倒在地。直觉告诉国王,这件事很可能跟那个牧羊人有关,于是他连忙前往监狱。

牧羊人拿着手风琴,对国王说:"没错,刚才的确是我在让大家跳舞,您还想试试吗?"

说着,他轻轻拉出一个音符,国王马上情不自禁地抬起一条腿,走了一个舞步。他又拉了第二下,国王马上跳出第二个舞步。

"快停下来!"国王喊道,"把你这把琴给我吧!"

"可以的,陛下,"牧羊人说,"不过,我有一个条件。"

"我知道,还跟前面两次一样是吗?"

"不,这次我要加一个条件,"牧羊人说,"否则我就继续拉琴了。"

"别,别!"国王连忙拦住道,"说说你的条件吧。"

"这一次,我要让公主能够跟我说话,只要她能回答我的问题就可以。"

国王只好答应了牧羊人的要求。然后,国王回到王宫,叮嘱公主道:"明天晚上,我同意牧羊人和你说话,他会问你一些问题。记住,不管他问你什么,你一律回答'不',其他的什么都不要说。"

虽然只是默默地吃过两次饭，实际上公主已经被牧羊人英俊的外表吸引了，并没有因为他低下的身份而看不上他。不过，既然父亲这样吩咐自己，她也只能点头，表示自己记下了。

晚上，牧羊人和公主一起来到餐厅，里面跟之前一样，灯火通明，房门大开，还有一群盯着他们的侍卫。

牧羊人坐在桌前，问公主道："亲爱的妻子，天这么冷，你觉得开着门合适吗？"

公主回答道："不！"

牧羊人转身冲侍卫们喊道："公主的话你们听到了吗？快去把门关上！"

侍卫们一听，赶紧关上了门。

随后，牧羊人又问："亲爱的妻子，这些侍卫站在旁边盯着我们吃饭，你觉得舒服吗？"

公主回答道："不！"

牧羊人随即冲侍卫们喊道："公主的话你们听到了吧，还不赶快出去！"

侍卫们一听，连忙出去了，餐厅里只剩下牧羊人和公主两个人。

牧羊人接着问："很明显，你的父亲不想让我跟你在一起，你也这样想吗？"

公主回答道："不！"

牧羊人站起身，来到公主身边，温柔地拉着她的手，说道："那么就请你在上天面前回答我，你愿意离开我，不做我的妻子吗？"

公主回答道："不！"

第二天早上，当国王来探望公主的时候，公主说："父亲，我昨晚完全按照您的吩咐行事，现在，我已经许下誓言正式成为那个小伙子的妻子了，请您恩准我们结婚吧！"

听公主讲完事情的经过，国王才明白自己中了牧羊人的计。可是事已至此，说什么都晚了。他看到自己的女儿是真心喜欢那个小伙子，也就接受了牧羊人，并为他们举行了隆重的婚礼。就这样，牧羊人依靠自己的机智，成功娶到了公主。后来，国王去世以后，他还继承了王位。

灰额猫、山羊和绵羊

（俄罗斯）

从前，在乡下的一个院子里，生活着一只山羊和一只绵羊，他们的关系很好，彼此之间互相照顾，就算只有一把干草，也会分着吃。他们性格温顺，非常听话，几乎从来没受过主人的责罚。

不过，院子里有一位捣蛋鬼不是这样，主人的打骂对他来说是家常便饭，因为他总是嘴馋乱偷吃东西。

这位捣蛋鬼是谁呢？他就是一只有着灰色前额的猫。

这一天，山羊和绵羊正在院子里聊天，那只灰额猫突然出现在他们面前，样子看上去有点奇怪。这猫明明长了四条腿，现在却只用三条腿一瘸一拐地走路；平时他总是喜欢喵喵地到处叫，今天却哭丧着脸一声不吭。看到山羊和绵羊都在望着自己，灰额猫突然哇的一声哭了起来。

"灰额猫，你为什么哭啊？你的腿怎么了？"山羊和绵羊关心地问。

"我没办法不哭呀！女主人太狠了，刚刚把我狠狠地打了一顿，打破了我的耳朵，打伤了我的腿，还发誓说要打死我！"

"天哪，你究竟犯了什么错，她居然说要打死你？"

"唉，因为我忍不住把酸奶油都吃光了……"

山羊和绵羊对视了一眼，无奈地摇摇头。酸奶油可是女主人最心疼的东西，灰额猫居然把它全偷吃了，看来女主人这次是真气坏了。

这时，灰额猫突然提高了嗓门，哭得更伤心了。

"灰额猫啊，你怎么哭得更厉害了呢？"

"我没办法不哭呀！"灰额猫说，"女主人刚才一边打我，还一边说：'女婿马上就要来了，没有了酸奶油，该怎么招待人家呢？没办法，只好把山羊和绵羊杀了！'"

山羊和绵羊听到这话，顿时大吃一惊，他们一起朝灰额猫咆哮起来："你这个该死的灰额猫！你这个贪吃鬼！你自己犯错也就罢了，为什么还要连累我们？这下好了，你把我们也害死了，我们要顶死你！"

灰额猫连忙向他们道歉认错，一把鼻涕一把泪地请求他们原谅。山羊和绵羊看到灰额猫可怜的样子，心也软了下来。可是现在情况很危急，女主人真的有可能杀了他们，这该怎么办呢？

"喂，二哥，"灰额猫对绵羊说，"你的脑袋不是非常结实吗？你去把院门顶开吧。"

绵羊听了，后退几步，伸长脖子，然后猛地朝院门撞去。随着一声闷响，紧闭的院门晃了晃，并没有被顶开。

"喂，大哥，"灰额猫对山羊说，"你的脑袋不是也很结实吗？你去把院门顶开吧。"

山羊听了，也后退几步，伸长脖子，用力朝院门撞去。又是一声闷响，院门晃了晃，打开了。

"大家快跑吧！"灰额猫喊了一声。大家一起从院子里冲了出去，山羊和绵羊跑在前面，灰额猫一瘸一拐地跟在后面。

"山羊大哥，绵羊二哥，别丢下小弟我呀……"灰额猫气喘吁吁地在后面喊道。

山羊听到喊声，停了下来，让灰额猫骑在自己背上，然后背着他奔跑起来。他们翻过山冈，跨过小河，不知道跑了多远，最后来到一片宽阔的原野上。

那里有一片茂盛的草地，远处是一片已经收割过的田野，旁边是一处山坡，他们决定在山坡上过夜。

此时已是深秋，夜晚很是寒冷，要想在野外露宿，得想办法生起火堆。灰额猫在附近转了一圈，找来一些桦树皮，堆在地上，然后让山羊和绵羊找来石头撞击，点燃了火堆。

有了火，大家顿时觉得舒服多了。他们围着火堆，背靠着一个草垛，正准备美美地睡上一觉时，突然传来一阵沉重的脚步声，一只熊朝他们走来。

"我想烤烤火，暖和暖和，可以吗？"熊说，"我实在是累坏了……"

"快坐下来吧，熊大哥，"灰额猫说，"你这是从哪里来？"

"我刚从蜜蜂园子过来，我去那边吃了点蜂蜜，结果跟养蜂人打了一架。"

灰额猫和山羊、绵羊看着熊鼻青脸肿的样子，都觉得有些好笑。他们互相打着趣，聊着天，慢慢进入了梦乡。熊睡在草垛上面，灰额猫睡在草垛下面，山羊和绵羊睡在火堆旁边。

就在他们睡得正香的时候，一阵杂乱的脚步声把他们都吵醒了——一群凶狠的狼悄悄朝他们包抄过来。灰额猫数了数，一共有八只狼，七只灰色的跟在一只白色的后面，看来那只白色的是他们的头领。

对于羊来说，最怕的莫过于狼了。山羊和绵羊一看来了这么多狼，顿时吓得浑身发抖，咩咩地大叫起来。

灰额猫却显得异常冷静，他飞快地琢磨了一下，勇敢地挡在那只白狼面前，对他发表了一番长篇大论：

"您好呀，尊敬的白狼大王！看你们这架势，是想跟我们比试比试吗？说实话，我们很乐意奉陪，尤其是我的大哥，他可是我们中间最厉害的，而且脾气很不好，发起火来我们全都要遭殃。您看见了吗？因为你们的到来，他已经气得浑身发抖了。您看到他那一大把胡子了吗？那可是他力量的象征，里面蕴藏着无穷的威力！上次有一群不识好歹的猛兽来找他搏斗，就是被他用胡子狠狠地教训了一顿。还有他头上的角，您也看到了吧？上次他用胡子把猛兽打死后，就是用头上的角剥皮的。如果我是您，我肯定不去招惹他。不过既然您带着这么一帮手下来了，直接走掉也不好交代是吧？我给您一个建议，您看到躺在草垛上面的那个黑乎乎的家伙了吗？他是我们大哥的小弟，是我们中间最弱的，您可以去教训他一顿，也算不丢您的面子。"

白狼听完灰额猫的话，觉得他说的有些道理，便率领自己的手下径直向草垛走去，把熊围了起来，还故意说了一些挑衅的话，要和他较量。

熊不屑地看了狼群一眼，伸出手去随便抓了一只，像扔小鸡一样扔了出去，使他重重地摔在地上。其他的狼一看，都被吓得不轻，他们没想到一个小弟居然这么厉害，一个个都夹着尾巴逃跑了。

趁着熊和狼群大战的当口，山羊和绵羊带着灰额猫跑进了旁边的树林。倒霉的是,没过多久,他们又碰到了逃跑过来的几只灰狼。

灰额猫眼疾手快,迅速爬上旁边的一棵枞树,一直爬到树顶。山羊和绵羊也跳起来,用腿钩住树枝,高高地悬挂在枞树上。那几只灰狼在树下团团乱转,恶狠狠地盯着他们,一个个咬牙切齿。

灰额猫知道这样下去不是办法,山羊和绵羊已经快支撑不住了。他飞快地琢磨着对策,从树上摘下几颗果实,朝树下的那些狼扔去,一边扔一边说:

"一只,两只,三只,大哥、二哥,这三只狼留给你们吃吧!我现在还不饿,因为刚刚才吃了两只狼,连骨头都没剩下!大哥,我知道你想捉几只熊当明天的早餐,但是依我看,先捉几只狼也不错,毕竟他们刚好送上门来了!"

灰额猫话音刚落,山羊已经支撑不住了,他两腿一松,羊角朝下,向狼群冲了过去。

灰额猫见状,连忙大声喊道:"大哥快冲,抓住他们!抓住他们!"

几只狼一听,又一次被吓得魂飞魄散,当即头也不回地逃走了。

灰额猫和绵羊见那几只狼消失在了树林深处,也从树上下来,跟山羊一起向刚才烤火的地方走去。

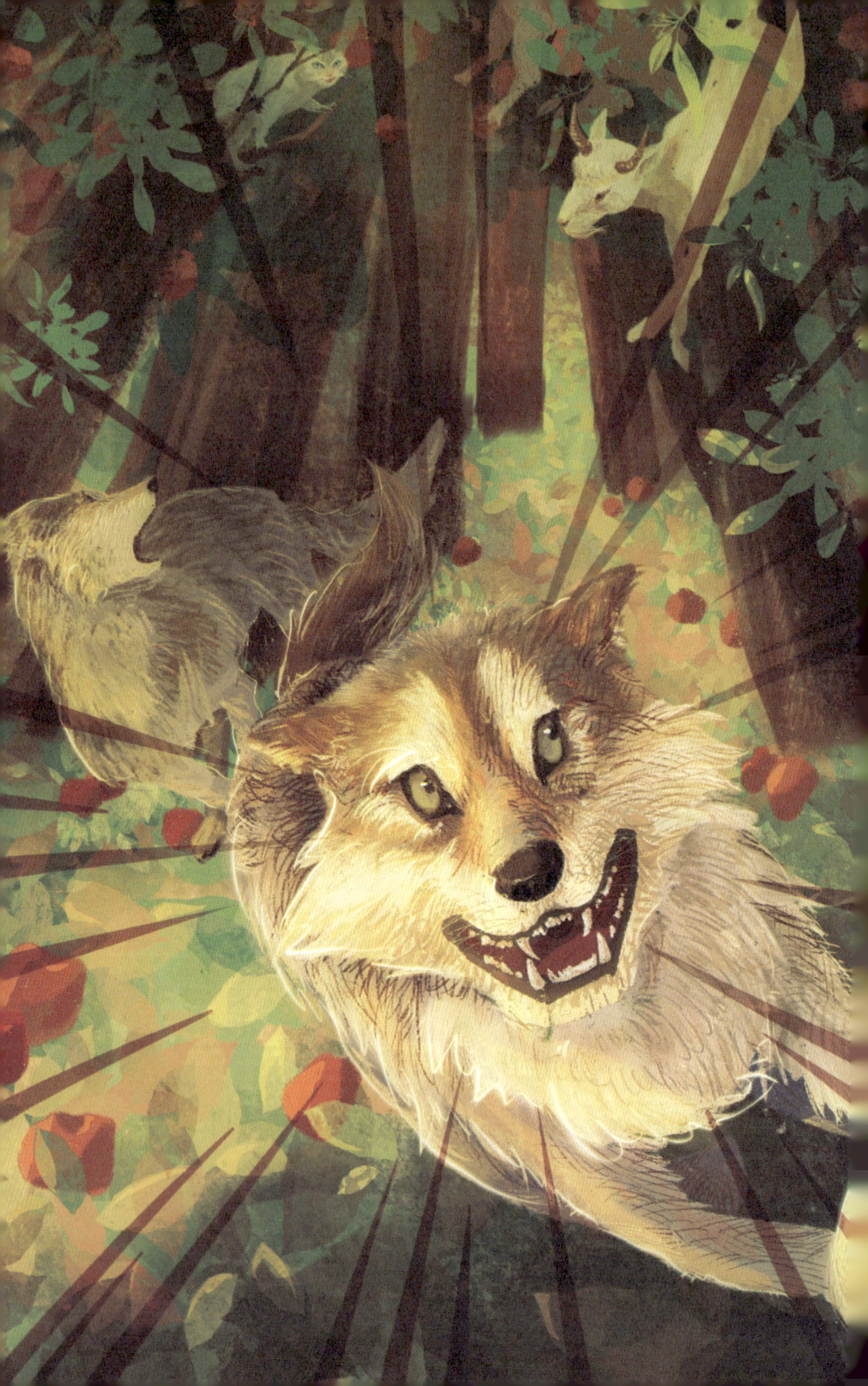

他们回到火堆旁,看到熊已经躺在草垛上呼呼大睡了。他们也在火堆跟前躺下来,温暖的火光映照在他们的笑脸上,一起开心地进入了梦乡。

列那狐的故事

（法国）

三条羊腿

大灰狼夷桑干捉到一只羊，这天晚上，他们一家人美美地饱餐了一顿。除了妻子埃桑德，夷桑干还有好几个狼崽子，包括夷桑干自己，他们每一个都是大胃王。因此，一只羊对他们来说根本不够解馋，要不是埃桑德太太及时留下了三条羊腿和一些羊杂碎，整只羊肯定早被大家风卷残云一般吃光了。

埃桑德太太把三条羊腿挂在屋角的墙上，准备以后慢慢吃，那些羊杂碎则准备留给明天出门打猎的夷桑干当早餐。

吃完羊肉大餐，夷桑干剔着牙，正准备打个盹儿睡上一觉时，突然传来"咚咚咚"的敲门声。这让夷桑干很不高兴，他不情愿地打开门，发现门外站着的是他的外甥——列那狐。

夷桑干见列那狐耷拉着耳朵、眼神无光，一副病恹恹的样子，便问道："哟，外甥，你这是怎么了？脸色这么难看。"

"唉，老舅，我生病了。"列那狐说，"从昨天到现在，一口东西都还没吃呢。"

"快，埃桑德，"夷桑干冲妻子喊道，"去把留给我明天当早餐的羊杂碎拿过来吧，给我们的外甥吃。"

"不用，不用，谢谢啦，我还不饿。"

列那狐嘴上推辞着，眼睛却在滴溜溜乱转。很快，他看到了挂在屋角的那三条羊腿，看上去又鲜又嫩，他的口水都快流出来了。有这么诱人的羊腿在跟前，他当然不想吃那些羊肝羊肺了。可是，他的舅舅显然没想跟他分享哪怕一条羊腿。

列那狐吃着舅妈端过来的羊杂碎，心里想的却是那三条羊腿。他假装无意间抬起头，指着屋角的羊腿说："啊，舅舅，那三条羊腿看上去可真是不错啊。"

"是啊，我今天打猎捉到一只羊，吃得就剩下三条腿了。"夷桑干回应列那狐，但丝毫没有要分享羊腿的意思。

"你就这么明目张胆地把羊腿挂在那里吗？"列那狐说道，"万一来个亲戚朋友什么的，总得给人家尝一尝吧。"

"哼，我就剩这么三条羊腿了，任谁我也不会给！"夷桑干

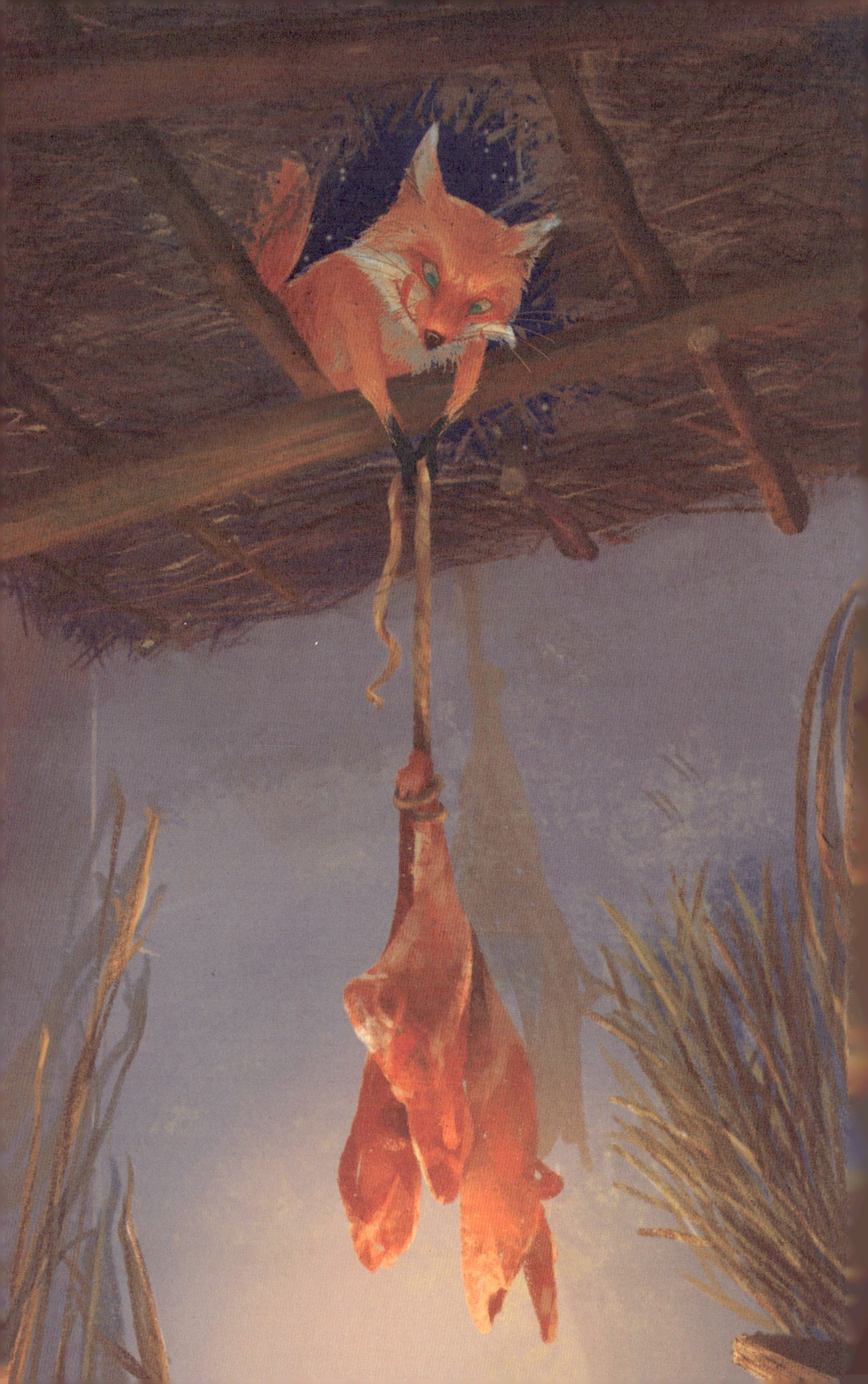

直截了当地说,"就算是我的亲爹亲妈、我的兄弟姐妹,我也不会给他们吃一口!"

"您说得太对了!"列那狐顺着夷桑干的话说,"我要是您,也会这么干!不过,老舅是一个好心人,万一经不住人家哀求,心一软,给人家分上一点,结果这个割一块,那个割一块,这三条羊腿哪里够分呀!依我看,您不如把羊腿藏起来,任谁都看不到,如果别人问起来,您就说被人偷走了,这样岂不更省心?不过,一切都要看您自己,您想怎么办就怎么办。反正和我这个可怜的狐狸比起来,您可聪明多了!"

说完这些话,列那狐便离开了。但他并没有走远,而是找了个隐蔽的矮树丛躲了起来。夜深之后,他偷偷溜了出来,悄悄靠近夷桑干家的大门,侧耳倾听,里面鼾声此起彼伏,他们一家人都已经进入了梦乡。列那狐轻轻一跃,跳到屋顶上,来到挂羊腿的那个屋角,扒开上面的茅草,解开吊羊腿的绳子,慢慢往上提,三条羊腿就这样被提了上来。

列那狐把羊腿带回家,他的妻子艾莫丽和两个狐狸崽子还在等着他呢。他们看见列那狐带回来的美味,一个个欢呼起来。他们围在一起,开始狼吞虎咽,三条羊腿很快就被吃完了。最后只剩下几块骨头和上面的残肉,被艾莫丽藏在床垫下面,准备留到明天再吃。

第二天,天刚蒙蒙亮,大灰狼夷桑干就醒了。他正准备收拾一下去打猎，突然看到屋顶上破了一个窟窿，外面的晨光透过窟窿照在屋角的墙上，而原本挂在那里的三条羊腿已经不见了！看到眼前的这一幕，夷桑干简直不敢相信自己的眼睛。

很快，妻子埃桑德也醒了，发现羊腿被偷之后，她顿足捶胸地大哭起来。几个狼崽子知道之后，也跟着鬼哭狼嚎地哭闹起来。

就在这时，列那狐又来了，他问夷桑干："我说老舅，你们家这一大早是怎么了，怎么一个个哭得这么伤心？"

"羊腿！我的羊腿！"夷桑干还处在伤心欲绝的情绪里，话都说不好了。

列那狐装出一副什么都不知道的样子，顺着夷桑干的目光往屋角看去，看到那里空空如也，屋顶上还破了一个窟窿。

"哈哈，老舅！干得不错，就该这么说！"

"羊腿！我的羊腿！"夷桑干不停地喊道，"被人给偷了！"

"啊，老舅，您学得可真快！"列那狐笑着说，"我昨天怎么跟您说的来着？就应该这么说，就应说被人偷了！这么一来，谁也没办法找您要了，您想怎么吃就能怎么吃！"

"喂！你有没有听到我说的话？"夷桑干着急地吼道，"我的羊腿，是真的被人偷了！"

"对，对！老舅，您就应该保持这种语气！"列那狐说，"您可要记住了，不管谁问您，您都要这么跟他说，我敢保证没人会怀疑！就您这表情、这神态，真的绝了！"

"我说外甥，你看不见吗？"埃桑德太太说道，"那个可恶的贼，为了偷羊腿，把我们家的屋顶弄出这么大一个窟窿！"

"嗯，这个窟窿开得不错！"列那狐说，"别人看了肯定会更加信以为真！不过，其实你们开小一点也可以，不用开这么大的，将来修起来也麻烦！不过这都不是事儿，最要紧的是你们把羊腿藏好了，这下谁也别惦记了！"

"喂，外甥！我跟你说的可都是实话，你要是再不相信我可要生气了！"

"啧，啧，我说老舅，你们都这么说了，别说是我，比我更狡猾的人都会相信！得了，得了，我知道了，羊腿真的被偷走了，行了吧？如果别人问我，我也会这么跟他们说，这下你们满意了吧？不过，老舅，既然已经把羊腿藏起来了，可千万别告诉别人藏在哪儿了！慢慢享用你们的美味吧，我要走了，再见！"

随后，列那狐得意扬扬地走了，留下夷桑干一家人还蒙在那里。他今天心情好极了，因为他不仅偷吃了夷桑干家的三条羊腿，还趁机把他们狠狠地奚落了一番。

列那狐偷鱼

寒风一直在呼啸,天色阴沉沉的,不用出门看,准知道今天又是糟糕的一天。列那狐坐在那里,呆呆地看着家里那几个早已空空如也的食橱。他的妻子艾莫丽坐在餐桌旁,不停地唉声叹气。两个狐狸崽子依偎在一起,呜呜地叫着肚子饿。

"家里什么吃的都没有了!"艾莫丽说,"这下该怎么办呢?"

"我再出去碰碰运气吧。"列那狐叹了口气说,"这个时节,想找点吃的真不容易呀!"

虽然嘴上这样说,他还是缩着身子出去了。他不愿看到妻子和孩子们因饥饿而哭泣,即使希望不大,他还是愿意再试一试,祈祷能找到一点可以充饥的东西。

列那狐沿着树林慢慢往前走,东瞅瞅,西望望,到处都是死寂的景象,看不出一丁点生机,更不要说有什么吃的东西了。他无奈地摇摇头,只好继续往前走,一直走到一条被篱笆隔开的大路上。

这样寒冷的天气,所有的猎物都躲藏了起来,大地从未这样空旷、荒凉。列那狐已经找了半天,连一只老鼠都没有碰到。他垂头丧气地翻过篱笆,坐在大路边的土坡上,任凭刺骨的寒风吹着他的毛发，刮着他的眼睛，他感到难过极了。

就在这时，一股诱人的香味突然从远处飘来，直直地钻入列那狐的鼻子。他立刻抬起头，伸长鼻子，使劲嗅了嗅。

"是鱼！这是鲜鱼的香味啊！"他在心里嘀咕道，"哪里来的鱼味呢？"

列那狐纵身一跳，跳到旁边的篱笆上，向四周观察。要知道，他不光鼻子很灵，耳朵很尖，眼睛也很敏锐。很快他便看到，一辆大车正从远处顺着大路朝这边驶来，而那诱人的香味，就是从这辆车里传出的。当车越走越近的时候，他清楚地看到，车子上装的的确是鱼。

这是去附近城里市场卖鱼的商贩，他们的车上装着一筐又一筐的鲜鱼。列那狐盯着那满满一车的鱼，两眼放光，口水都流了出来。他觉得这是千载难逢的机会，必须想办法做点什么才行。他的大脑飞速运转着，很快想出一条妙计。

列那狐轻轻一跳，跳到大路上。他躺到大路中央显眼的位置，瘫在那里，闭着眼睛，伸着舌头，一动不动，看上去像是刚刚断了气。

鱼贩子赶着车过来了，看到躺在路中间的列那狐，果然停下了，以为他已经死了。

"快看，那是一只狐狸还是一只獾？"其中一个鱼贩喊道。

"是狐狸！快下车，快下车！"另一个人喊道。

"他可不是什么好东西，不过他那张皮倒是不错，可以卖不少钱。"

两个鱼贩下了车，来到列那狐跟前。列那狐连忙屏住呼吸，装死装得更逼真了。鱼贩子伸手捏了他几下，又把他翻过来抖了几下，他始终一动不动，任凭他们随意摆弄自己。鱼贩子把他提起来，打量着他那一身漂亮的皮毛。

"依我看，这张皮能值四索尔[1]。"其中一个鱼贩说。

"不止！我觉得起码值六索尔，六索尔我还不一定卖呢！"另一个鱼贩叫道。

"把他扔车上吧，到城里找个皮货商卖掉。"

两个人高兴地捡起列那狐，把他随意地扔到车上，然后重新爬到车前面，继续赶路。

可以想到的是，此刻被扔到车上的列那狐有多么开心！他紧靠着两个装鱼的筐子，闻着筐里鲜鱼诱人的香味，捂着嘴不让自己笑出声来。他只需躺在那里，几乎一动不动，用锋利的牙齿咬破一个鱼筐，便开始享用美味的午餐。一眨眼的工夫，至少三十条鲱(fēi)鱼进了他的肚子。虽然没有佐料，但他显然并不在意。

彻底吃饱之后，他并没有着急逃跑，而且盯着眼前的一个

---

[1] 索尔：古代法国的一种钱币单位。

个鱼筐，想着怎么带给自己的家人，他们还在家里饿着肚子呢。

咔嚓一声，他咬开了另一个鱼筐，里面是一筐鳗鱼。他尝了一条，确保鱼是新鲜的。然后把好几条鳗鱼串在一起，巧妙地做成一串项链，挂在脖子上，悄悄从车尾溜了下去。不过，虽然他尽力做到蹑手蹑脚，但脖子上的鳗鱼实在太重了，在落地的时候，还是发出了一些声响。

鱼贩子听到声音，连忙回头，发现那只死狐狸居然从车上跳了下来，脖子上还挂着一大串鱼，顿时感到既奇怪又惊讶。列那狐看着他们难以置信的样子，大笑着冲他们喊道："上帝保佑你们，我的朋友！还是让皮货商省下六个索尔吧！我还给你们留了不少很好的鱼呢，谢谢你们送我的鳗鱼。哈哈！"

鱼贩子这时才反应过来，原来是这只可恶的狐狸用诡计捉弄了他们。他们连忙停下车去追列那狐。尽管他们拼命追赶，可还是没有列那狐跑得快。他们眼睁睁地看着那只狐狸翻过篱笆，很快从他们的视线里消失，一个个气得顿足捶胸。

列那狐不停地向前奔跑，很快到了家。正在挨饿的一家人看到他脖子上的这一大串"项链"，真心觉得它比任何首饰都要光彩夺目。

妻子艾莫丽深情地吻了一下列那狐，向他今天的收获表示祝贺，然后小心地关上大门。列那狐的孩子虽然还不会打猎，但是早就学会了烹饪，他们快速生起火，把鳗鱼切成小块，串

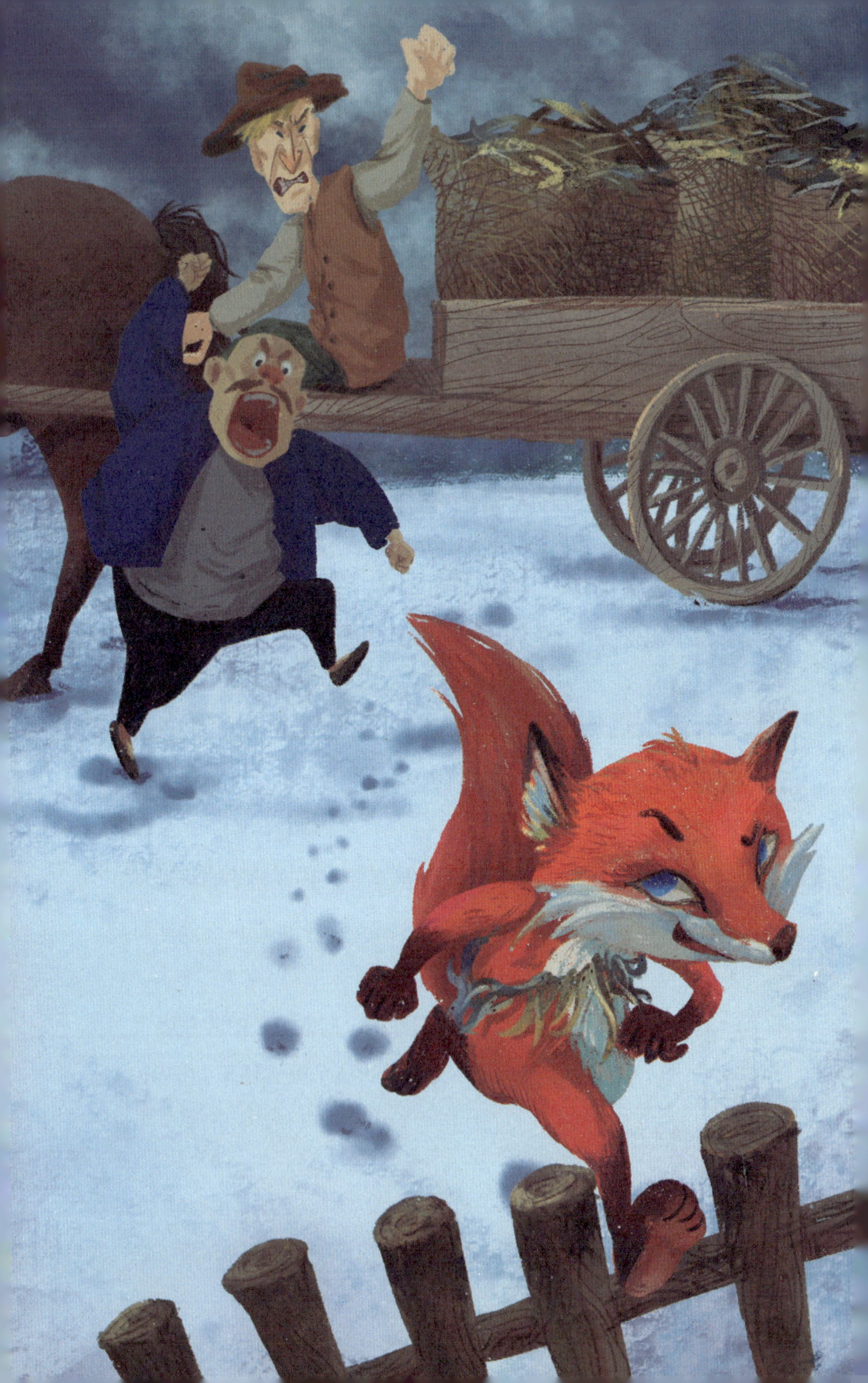

在铁签子上烤了起来。不一会儿,诱人的香味便开始在屋子里飘散。

艾莫丽忙着给丈夫洗脚——要知道,列那狐今天可跑了不少路,她还细心地擦洗了丈夫漂亮的皮毛——要知道,在鱼贩子眼里,它至少值六个索尔呢!

半身人

（意大利）

从前，有一个孕妇，突然有一天非常想吃芹菜。她家旁边刚好有一片菜园，园子里种满了芹菜。不过，这个菜园属于一个巫婆，大家平时都对她敬而远之，不敢多跟她打交道。

孕妇站在窗前，刚好可以看到菜园里那片绿油油的芹菜，实在是太诱人了。她禁不住诱惑，悄悄走进园子，吃起芹菜来。一根接一根，又脆又嫩的芹菜，让她一吃便停不下来。等她吃到心满意足的时候才发现，半个园子的芹菜都被她吃光了。她知道自己闯了祸，连忙逃回家里。

一直到第二天，隔壁都风平浪静，什么都没有发生。孕妇站在窗前，望着菜园里剩下的芹菜，心里又燃起想吃的冲动。

随后，她又一次来到菜园，开始吃剩下的芹菜。很快，剩下半个园子的芹菜也被她吃完了。当她把最后一根芹菜放进嘴里时，一个恶狠狠的声音突然在她身后响起："好啊，原来是你把我的芹菜偷吃了！"

孕妇被吓了一跳，赶紧回过头，发现来人正是菜园的主人——那个巫婆。孕妇自知理亏，连忙道歉："实在对不起！我怀孕了，非常想吃芹菜，求求你原谅我吧！"

"我可以不跟你计较，但是有一个条件。"巫婆说，"既然你怀孕了，那就等你的孩子七岁的时候，把他分一半给我吧。"

孕妇当时心慌意乱，没多想便答应了。等她回到家，才开始琢磨巫婆刚才说的话，心里泛起了嘀咕。

"她要我把孩子分一半给她，可是孩子怎么可能分成两半呢？"孕妇心想，"她应该是吓唬我的，估计过几天就忘了，我以后不再去她的菜园就是了。"

不久之后，孕妇生下一个男孩。孕妇非常高兴，在她的精心抚养下，孩子一天天长大，转眼到了六岁。

这一天，男孩出门玩耍的时候，碰到了他们的邻居——那个巫婆。巫婆看了看这个可爱的男孩，对他说道："回去告诉你的妈妈，还剩下一年时间了。"

男孩回家之后，把巫婆的话告诉了妈妈。妈妈这才想起多年前的往事，要是今天巫婆不提，她早就忘到脑后了。虽然她感到一丝不快，但还是不相信巫婆的话，认为这只是一个恶毒的玩笑。她骂了巫婆几句"疯子"，安慰孩子不要在意这件事，以后少跟巫婆接触。

又过了一段时间，男孩再有三个月就满七岁了。这一天，他又碰到了巫婆。巫婆看了他一眼，对他说："回去告诉你的妈妈，还剩三个月了。"

"疯子！"男孩想起妈妈骂巫婆的话，冲巫婆喊了起来。

"你说什么？"

"疯子！"男孩继续喊道。

巫婆气坏了，恨不得立刻把男孩抓走，可是她不愿意违背自己的承诺，于是决定先放过眼前的孩子。就这样，男孩平安回到了家，不过这次他没有把遇到巫婆的事情告诉妈妈。

转眼三个月过去了，男孩年满七岁的当天，巫婆找到他，直接把他抓回了家。巫婆把男孩平放在一张桌子上，拿起一把刀，念起咒语，凭空往下一劈，桌子上的男孩竟然真的被一分为二——每一半身子都有半个头、一条胳膊和一条腿。巫婆按照当初的约定，留下男孩的半个身子，让另外半个男孩回家去了。

男孩带着仅剩的半个身子回到家，告诉妈妈："是那个疯子巫婆把我弄成这样的！"

直到这个时候，妈妈才意识到，当初巫婆说的话是真的，可是一切都已经晚了。她抱着只剩下半个身子的孩子，伤心地哭了起来。

虽然只剩下半个身子，男孩依旧一天天成长起来。长大之后，他成了一个渔夫，周围人根据他的样子，都叫他半身人。

这天，半身人像往常一样去打鱼，捕到了一条和他一样长的鳗鱼。鳗鱼对他说："只要你放了我，我保证你会捕到更多的鳗鱼。"

他把这条鳗鱼放了，接着撒网，果然捕获了满满一网的鳗鱼。

第二天，半身人继续去打鱼，又把昨天那条鳗鱼捕了上来。鳗鱼这次对他说："如果你这次还把我放了，我可以赋予你一种能力，以后只要你默念'凭着我对鳗鱼的爱'，你就能做成任何你想做的事。"

听完鳗鱼的话，他像昨天一样，又把它给放了。

这天，半身人从王宫前路过。国王的女儿和几个宫女站在宫殿的阳台上，刚好看到从下面走过的半身人，觉得非常奇怪，便忍不住笑了起来。

半身人听到公主的笑声，又羞又恼，他想起之前鳗鱼对他说的话，便想着趁机验证一下。于是，他在心中默念："凭着我对鳗鱼的爱，请让公主为我生个儿子吧！"

结果，公主真的怀孕了。不久之后，她的父母也发现了。

公主未婚先孕的行为让国王非常生气，国王质问道："孩子的父亲是谁？"

公主一脸无辜地说："我不知道，我什么都没做，根本不知道这是怎么回事。"

尽管公主一再解释，坚决说自己是无辜的，可她还是失去了父母的宠爱。而且国王还经常羞辱她，因为他认为公主做了有辱王室的事情。

几个月之后，孩子降生了，是一个可爱又漂亮的男孩。国王夫妇没有一丝高兴，反而因为公主生下了一个私生子闷闷不乐。他们请来一位巫师，想让他查清事情的真相，找出孩子的父亲。

巫师告诉国王："等孩子一岁之后，请您召集全城的王公大臣，然后给孩子一颗金苹果，孩子把金苹果交给谁，谁就是孩子的父亲。"

一年之后，国王按照巫师的交代，召集了全城的王公大臣，然后塞给孩子一颗金苹果，让他去找自己的父亲。不过，孩子在大厅里转了一大圈之后，并没有把金苹果交给任何人。

国王问巫师："这是怎么回事？"

巫师说："这说明这些人里没有孩子的父亲，请您把全城的人都召来吧。"

于是，国王贴出告示，让全城的男人明天全部前往王宫。

半身人听说这件事之后,对他的妈妈说:"我明天要去王宫见我的孩子了,请给我准备半套好看的衣服吧。"

第二天,全城的男人都来到王宫的广场上。公主的孩子拿着金苹果,在人群里走来走去,当他看到半身人的时候,脸上泛起了开心的表情,他笑着对半身人说:"爸爸,这颗金苹果送给您!"

周围人看到这个场景,哄堂大笑起来:"快看呀,公主爱上的是一个什么样的人!"

国王又羞又怒,他做梦也没有想到,孩子的父亲不是王公大臣也就罢了,居然是一个只有半个身子的人!他强忍着心头的怒气,冲众人说道:"不管他是一个什么样的人,他都是孩子的父亲,我女儿的丈夫!明天,我会为他们举行婚礼!"

第二天,国王果然为半身人和公主举行了婚礼。但婚礼举行得非常低调,几乎没有什么人参加。当新婚夫妇从教堂里走出来的时候,一群人突然围上来,把他们装进了一只巨大的木桶。木桶被密封好之后,被众人推着丢进了大海——当然,这一切都是国王的安排。

木桶在大海上上下起伏,漂来漂去,公主非常害怕,呜呜地哭了起来。

半身人对公主说:"亲爱的妻子,你想让木桶回到岸边吗?"

公主点了点头。

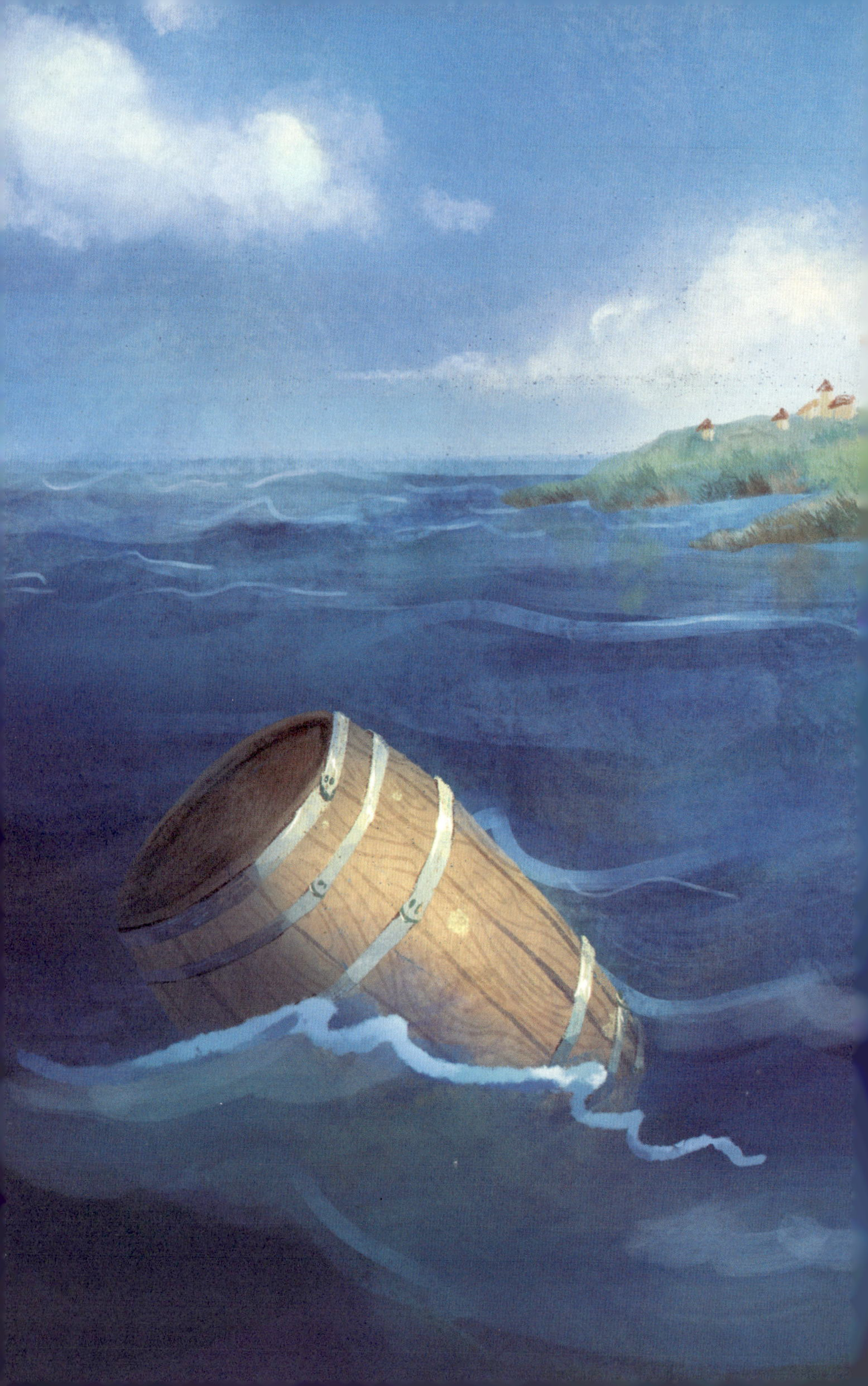

半身人便在心中默念："凭着我对鳗鱼的爱，请让木桶回到岸边吧。"

不一会儿，木桶停下不动了。两个人打开桶盖，发现木桶果然回到了岸边。他们从桶里钻出来，坐在沙滩上，感到又渴又饿。

半身人在心中默念："凭着我对鳗鱼的爱，请给我们一些可口的食物吧。"

转眼间，一桌丰盛的菜肴出现在他们面前，还有各种美味的饮料。两个人吃饱喝足之后，半身人问公主："现在你已经是我的妻子了，你高兴吗？"

公主诚实地回答道："如果你是一个完整的人，我会更高兴。"

半身人听完公主的话，当即在心中默念："凭着我对鳗鱼的爱，请让我变成一个完整的人吧。"

转眼间，半身人变成了一个完整的小伙子，而且看上去比之前更英俊。小伙子笑着问公主道："这样你满意了吗？"

公主非常开心，说道："我太高兴了！不过，这里又黑又冷，要是我们能待在明亮而温暖的宫殿里就好了。"

小伙子一听，马上在心中默念："凭着我对鳗鱼的爱，请让我们，还有我们的儿子，一起住在明亮而温暖的宫殿里，宫殿里要长着一棵能结金苹果的树，还要有侍女、卫兵和管家。"

转眼间,他的愿望又实现了。他和自己的妻子、儿子一起住进了一座雄伟的宫殿。

几天之后,小伙子邀请周边几个国家的国王和王后前来自己的宫殿赴宴,其中也包括他的岳父岳母。在一众宾客进入宫殿之前,小伙子专门叮嘱大家:"在我的花园里,有一棵金苹果树,请大家千万不要碰它,否则后果自负。"

随后,宴会开始了,大家推杯换盏,所有人都很尽兴。宴会中,小伙子在心中默念:"凭着我对鳗鱼的爱,请让一颗金苹果跑到我岳父的口袋里吧。"

宴会结束后,小伙子带着宾客们前往花园散步,然后故意吸引大家发现金苹果树上少了一颗苹果。

小伙子装出一副很生气的样子问:"是谁偷的?"

大家你看看我,我看看你,都矢口否认。

小伙子无奈地叹了口气说:"你们也知道,这棵树对我来说很重要。现在,请恕我冒昧,不得不对大家搜身了。"

说完,小伙子便安排卫兵搜身。很快,在岳父的口袋里找到了那颗金苹果。

"身为国王,竟然做出这样的事情,真是不知羞耻!"小伙子愤怒地说。

"我真的什么都不知道啊!"国王既惊讶又疑惑,"我是无辜的,我真的什么都没做,什么都不知道,我可以发誓!"

"即使现在证据确凿,您还认为自己是无辜的吗?"小伙子问道。

国王连忙点头:"对,我真的是无辜的!"

"那么,当初您的女儿跟您一样,也是无辜的,您相信她了吗?您不但不相信她,还一次次羞辱她,甚至要杀了她。为了公平起见,我就按照您对待您女儿的方式对待您吧!"

就在这时,公主抱着孩子出现在大家面前,拦住了要对国王动手的小伙子。

"虽然他曾经羞辱过我,还试图要杀了我,但他毕竟是我的父亲,我永远不想让他因为我而受苦,更不想让他受同样的罪。在我心里,永远都有他这个父亲。请你放过他吧!"

听到公主的这些话,小伙子的心软了,他拥抱着自己的妻子和儿子,答应了妻子的请求。

国王看到自己的女儿,也激动得热泪盈眶。小伙子向他讲述了事情的真相,他这才知道女儿一直都是无辜的,对自己当初对女儿的偏见感到悔恨不已。随后,他把公主和小伙子一家人都接到王宫里,大家幸福地生活在了一起。

三头井

（英国）

从前，科尔切斯特的国王有一个十五岁的女儿，名叫乔安娜。在乔安娜出生的时候，她的母亲便去世了，十几年来，国王一直没有娶新的王后。

最近一段时间，国王的财产出了问题，他需要一大笔钱，否则就无法再管理整个国家。无奈之下，他娶了一个有钱的贵妇人做了新的王后。这个王后不仅相貌丑陋，还心肠歹毒，与她一起前来的还有她的女儿，跟乔安娜同岁，名叫伊莎贝尔。

伊莎贝尔既没有乔安娜漂亮，更没有她善良，因此，周围没有一个人喜欢伊莎贝尔。正因为如此，新来的王后母女非常厌恶乔安娜，每天都在国王跟前说她的坏话。时间长了，国王对乔安娜也越来越冷淡。这让乔安娜非常伤心,她决定离开王宫,去闯荡属于自己的人生。

国王虽然有些舍不得自己的女儿,可看到她去意已决,平时在王宫里也与王后母女水火不容,便无奈地同意了。他对乔安娜说:"你出门在外,一定要照顾好自己。去找你的继母告个别吧,让她给你准备一些路上吃的东西。"

王后得知乔安娜要离开王宫,非常高兴,她给了乔安娜一个粗麻布袋子,往里面随便塞了一些干面包和一瓶啤酒,便打发她走了。

乔安娜独自一人上路了。空气清新,阳光温暖,微风吹动着翠绿的树叶,道路两边野花烂漫。她穿过田野,穿过树林,心头的悲伤慢慢淡去,她觉得自己开始了一段新的旅程,一种愉悦感在心头升起。慢慢地,她欢快地哼唱起歌来。

一个老人出现在路边,他好奇地打量着乔安娜。

"姑娘,你这是要去哪儿呀?"老人问,"你的袋子里装的是什么?"

"只有面包和啤酒。"乔安娜回答道,"如果您喜欢,我可以给您吃一点。"

"谢谢你,亲爱的孩子。"老人高兴地说,"我刚好今天还没吃东西呢。"

于是,乔安娜来到路边,和老人一起坐在绿草如茵的土坎

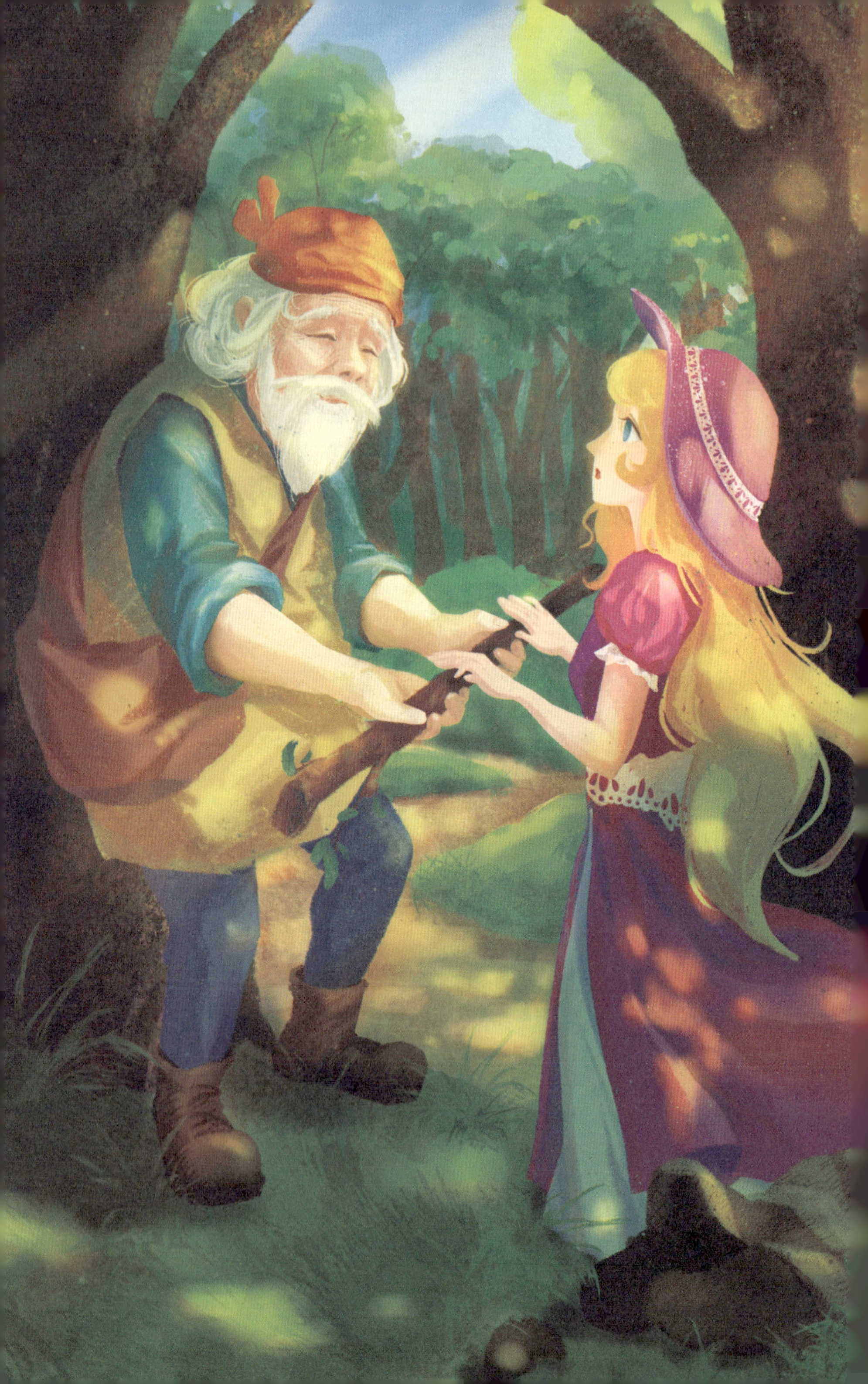

上,并拿出自己的面包和啤酒。他们一边吃,一边说笑,开心极了。

吃喝完毕之后,老人对乔安娜说:"孩子,如果你继续往前走,很快会碰到一道带刺的篱笆墙,它又高又厚,你恐怕过不去。"

"那我该怎么办呢?"乔安娜问。

"不用担心,"老人说,"你拿上这根魔杖,到篱笆墙前时,摇一摇它,篱笆墙就会为你打开一条通道,这样就能过去了。"说着,老人把手里的一根榛树枝递给了乔安娜。

"谢谢您!"乔安娜高兴地接过魔杖,对老人说,"您真是一个好人。"

"你也一样嘛。"老人说道,"善良的孩子会有好运,我祝福你!"

告别了老人,乔安娜继续往前走。没过多久,她便碰到了那堵篱笆墙。跟老人说的一样,这道篱笆墙不仅高大,还长满了刺,让人望而却步。乔安娜来到墙跟前,按照老人的叮嘱,举起魔杖摇了几下,篱笆墙像是接到命令似的,果然为她打开了一条通道。乔安娜高兴地穿了过去,通道紧接着又关上了。

往前又走了一段路,乔安娜遇到了一口井,里面好像有什么声响。走近一听,原来是有人在唱歌,歌声听起来有些哀伤,像是在诉说什么。

乔安娜弯下腰,想看看井里有什么。这时候,一个脑袋突然从井里冒出来——是一个漂亮的年轻女子的头,她紧闭着双眼,长长的头发蓬乱地披散着,对乔安娜唱道:

  给我擦擦脸,
  给我梳梳头,
  将我轻举轻放,
  让我保持漂亮。

听到她唱的,乔安娜便在井边坐了下来,把那个脑袋轻轻捧起,放到自己的膝盖上。乔安娜看到,在她的脸上出现了感激的表情。随后,乔安娜取下自己的头巾,轻轻擦干她的脸,又取出自己的梳子,把她蓬乱的头发梳得平平整整。做完这一切,乔安娜又把她轻轻捧起来,放在井口的报春花上。

这时候,从井里又冒出一个脑袋,同样头发蓬乱,面容悲伤,对乔安娜唱着同样的歌:

  给我擦擦脸,
  给我梳梳头,
  将我轻举轻放,
  让我保持漂亮。

乔安娜像刚才一样,把她从井里轻轻捧出,放到膝盖上,给她擦干脸、梳好头,然后轻轻放到井口的报春花上。

紧接着,井里又出现了第三个脑袋,她跟之前的两个同伴一样,对乔安娜唱道:

给我擦擦脸,

给我梳梳头,

将我轻举轻放,

让我保持漂亮。

乔安娜也像对待她前面两个同伴那样,给她擦了脸、梳了头,把她放在井口的报春花上。

三个脑袋并排停放在那里,她们在互相说话。

"我们该如何报答这位善良的姑娘呢?"第一个脑袋说,"我要送给她倾国倾城的美貌,所有人都会倾慕她,会有一位地位显赫的国王娶她为妻。"

"我要送给她美妙的歌喉。"第二个脑袋说,"所有人都渴望听到她的声音,都沉醉于她的歌声。"

"那我就送给她无穷的财富吧。"第三个脑袋说,"这样她和她的丈夫就能一直幸福地生活。"

随后,她们让乔安娜把她重新放回井里。乔安娜小心翼翼地捧起她们,放了回去。然后,乔安娜与她们告别,继续向前走去。

乔安娜像之前一样,一边走路一边唱着歌,然而她并没有意识到,自己的歌声变得比之前动听千百倍。当她经过一片冬青树丛时,树上一只原本正在唱歌的鸟儿,突然停止了歌唱,转而如痴如醉地倾听乔安娜的歌声。

乔安娜的容貌也变得更美了,一只在树林里奔跑的小鹿看到她,竟然停止了奔跑,被她的美丽完全吸引了。乔安娜走过去,轻轻抚摸小鹿的头,发现它正惊恐地看着身后,大滴的眼泪流了出来。

乔安娜正在疑惑发生了什么时,一队人马从远处冲了过来,他们吹着打猎的号角,正在叫嚷着寻找这只小鹿。很快,为首的人发现了它。他举起弓箭正准备射出的时候,看到了小鹿旁边的姑娘,便连忙放下弓箭,朝乔安娜走来。

乔安娜伸手抱着小鹿,保护着它,扭头看着向她靠近的人。他是个英俊的男子,骑着一匹高大的黑马,马的鞍鞯(ān jiān)非常华丽,男子的穿着也雍容华贵。

男子向乔安娜介绍自己,他是这个国家的国王,来这片树林打猎。乔安娜向国王请求,不要伤害这只可怜的小鹿。国王此刻已经不关心这只小鹿,他完全被乔安娜吸引了。从见到她的第一眼起,她的美丽便俘获了他的心。面对美丽的乔安娜,听着她那温柔动听的声音,国王竟然腼腆得有点不知所措。

乔安娜还在等待他的回复,她重复道:"请您放了这只可怜的小鹿吧,可以吗?"

"没问题,那就放了它吧。"国王这才回过神来,对乔安娜说,"我看你也累了,如果你愿意,请骑我的马吧,我愿意在你身旁步行。"

乔安娜先是放走了小鹿,小鹿蹦跳着跑进了树丛。然后,国王扶着她上了马,一只手牵着缰绳,带着她向前走。国王的随从都在两边站立着,国王吩咐他们赶快骑马返回城堡,做好招待贵客的准备。

随从们离开了,国王牵着马往前走了一段路之后,再也按捺不住内心对乔安娜的爱慕,动情地说:"从我见到你的第一眼开始,我就爱上了你。我爱你甜美的声音,爱你美丽的容貌,更爱你善良的心。如果你愿意,请嫁给我,做我的王后吧,我们来一起治理我的王国。"

"您是一位尊贵的国王,可我什么也没有。"乔安娜说,"嫁给您这样的国王,得有像样的嫁妆才行。可是我现在一无所有,我父亲现在很穷,而我的继母什么都不会给我……"

"我娶你,什么嫁妆都不需要。"国王打断她的话,"我爱的是你这个人,不需要你再给我任何东西。"

"可我还是希望能给你点什么东西。"乔安娜说,"要是一个新娘什么都不给她的丈夫,那是说不过去的。"

国王看着她认真的表情,只好指着她的袋子说:"你不是有个袋子吗?这里面装的是什么?"

"只是一点干面包,别的什么都没有。"乔安娜一边说,一边把手伸到袋子里,准备把面包拿给国王看。然而,当她把手从袋子里伸出来时,她惊讶地发现,自己拿出来的不是面包,而是珍珠项链、珠宝和各种珍贵的首饰。

"这可是一大笔财产呀!"国王说,"其实,就算你只有干面包,我也愿意娶你。现在,你的善良让干面包变成了珍宝,而你,就是我最大的珍宝!"

就这样,乔安娜和这位年轻的国王结婚了,他们生活得非常幸福。不久之后,乔安娜因为想念自己的父亲,便和丈夫一起前去探望。

他们乘坐一辆御用的四轮马车,由四匹白马拉着,带着丰厚的礼品和数量众多的随从,浩浩荡荡地来到科尔切斯特。看到眼前的一切,乔安娜的继母简直不敢相信自己的眼睛。当她看到从马车上走下来的的确是乔安娜时,内心的恼怒和嫉妒迅速膨胀,两只眼睛都要喷出火来。

科尔切斯特的国王看到乔安娜现在的样子高兴极了,自从女儿离开,他就陷入对她无尽的思念和自责之中。如今,乔安娜回来了，变得更加美丽，她的丈夫又是那样英俊和高贵，他们生活得是那样幸福，这一切都让他非常欣慰。王后看到国王高兴的样子，更加恼怒和嫉妒，她觉得自己的女儿一点也不比乔安娜差，也应该得到她现在拥有的一切。

吃饭的时候，乔安娜向父亲讲述了自己在路上的经历。王后听后便想："我要让伊莎贝尔也去走一遍乔安娜走过的路，她一定也能有乔安娜那样的好运气——说不定比她还要好！"

第二天一早，王后便拿出一个华丽的软皮口袋交给伊莎贝尔，里面装着她精心准备的可口的点心和蛋糕，还有一大瓶美味的西班牙白酒。伊莎贝尔接过口袋，沿着乔安娜走过的路出发了。

伊莎贝尔来到乔安娜遇到那位老人的地方，那位老人还跟上次一样坐在路边，他问伊莎贝尔："姑娘，你这是要去哪儿呀？你那漂亮的皮口袋里装的是什么呀？"

"这关你什么事？"亚莎贝尔粗暴地回答道。

"确实不关我的事，"老人说，"只是我已经整整一天没吃东西了，如果你能给我一块点心或者蛋糕，我很乐意给你祝福，祝你交上好运。"

"我才没有什么东西给一个乞丐吃呢！"伊莎贝尔没好气地说，然后转身离开了。

没过多久，伊莎贝尔来到那堵高大的篱笆墙前，上面的刺比之前更多了，看上去让人头皮发麻。伊莎贝尔一看前面没路可走，便用双手捂着脸，硬着头皮往里挤。篱笆上的刺拼了命地扯她的头发、抓她的胳膊、扎她的脚踝，等她好不容易挣扎着穿过去的时候，她身上穿的华贵的衣服已经被撕破了，浑身鲜血淋漓。她连忙去找水清洗，于是跌跌撞撞地来到那口三头井跟前。

伊莎贝尔把手伸到井里，正准备蘸水清洗自己的时候，一个脑袋突然冒出来，冲她唱道：

> 给我擦擦脸，
> 给我梳梳头，
> 将我轻举轻放，
> 让我保持漂亮。

"想什么呢！"伊莎贝尔厌恶地说，"我自己还没收拾呢，哪有工夫管你！别来烦我！"说着，她捡起一块石头，把那个脑袋砸了下去。

接着，另外两个脑袋也先后冒了出来，她们也对伊莎贝尔唱着同样的歌，伊莎贝尔同样粗暴地把她们都砸了回去。

三个脑袋在井里碰到一起，商量着如何惩罚这个恶毒的姑娘。

"我要诅咒她,"第一个脑袋说,"让她的皮肤变得像枯树皮一样粗糙又丑陋。"

"我要诅咒她,"第二个脑袋说,"让她的嗓子变得像生锈的门轴一样刺耳又难听。"

"我也诅咒她,"第三个脑袋说,"让她嫁给一个穷鞋匠!"

就这样,当伊莎贝尔从三头井边离开的时候,她已经变成了一个面貌丑陋、声音难听的人。当她出现在前面的一个小镇上时,街道上的人们看到她,都被吓得四散奔逃,以为碰到了妖怪。伊莎贝尔找遍整条街道,只有一个穷鞋匠没有被吓跑,他正坐在一个石墩子上补鞋。

"哎哟,我这是怎么了,谁能救救我啊!"亚莎贝尔哭着喊道,"谁能治好我的怪病啊,花多少钱我都愿意!"

"我可以治好你的病。"鞋匠说,"但我有一个条件,你必须嫁给我。"

"行,行,我答应嫁给你,"亚莎贝尔说道,"赶快给我治病吧!"

鞋匠拿出一罐药膏和一瓶药油,这是一位找他补鞋的穷隐士给他的,药膏可以治疗皮肤病,药油则可以治疗粗嗓门。伊莎贝尔用了药膏和药油,总算让自己恢复了正常。随后,鞋匠带她回到了自己破旧的家,跟她结了婚。

过了一段时间,鞋匠和伊莎贝尔一起前往科尔切斯特王

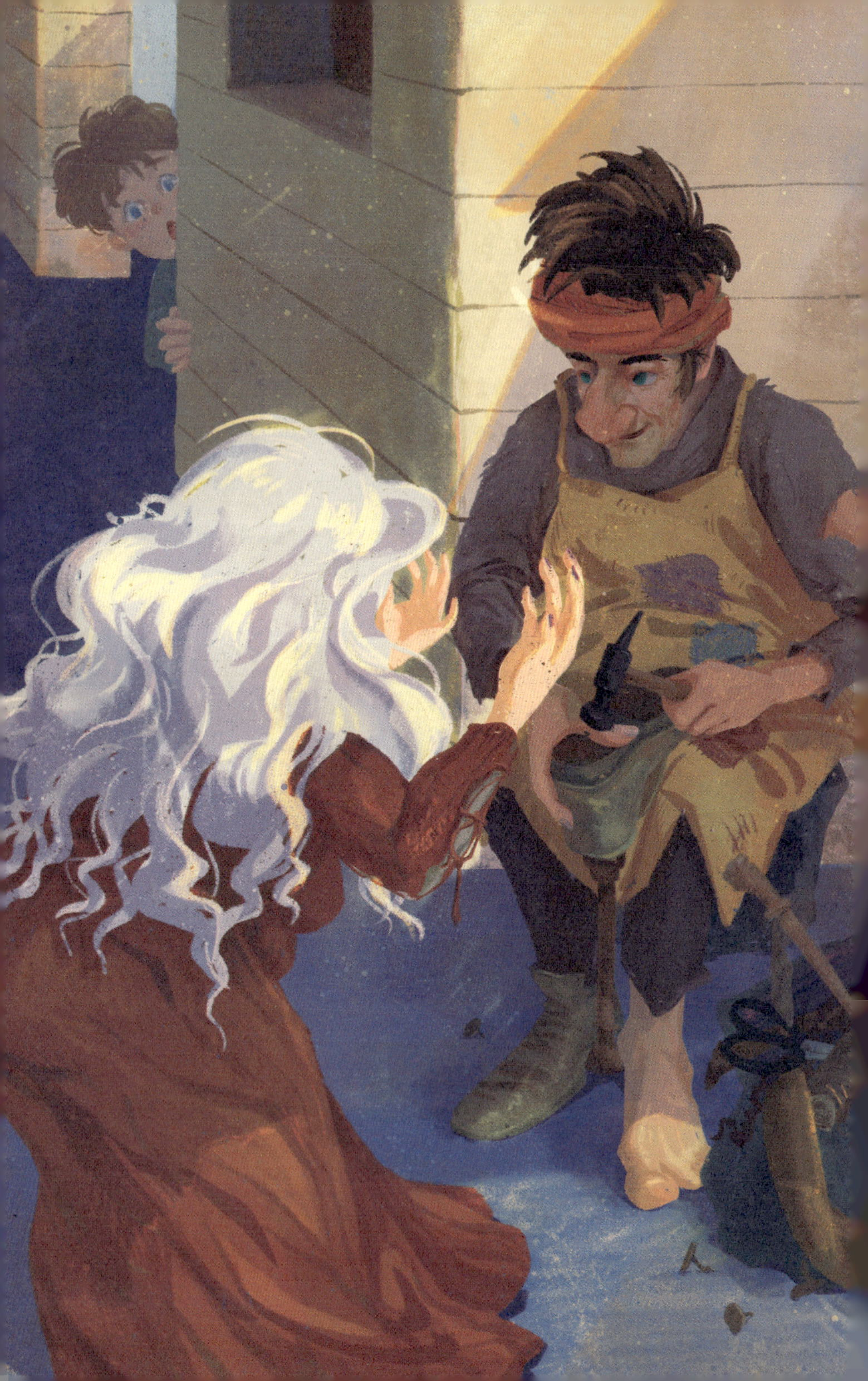

宫，探望伊莎贝尔的母亲和继父。当王后看到自己的女儿居然嫁给了一个穷鞋匠时，震惊得几乎说不出话来。她带着满腔的恼怒和怨恨，声嘶力竭地吼道："为什么？为什么你没有像乔安娜那样变得美丽又动人？为什么你没有嫁给一个高贵又富有的国王？你哪一点比她差？"

王后发了疯一般地怒吼着，突然晕了过去，仆人只好把她搀扶到卧室里。这一次的打击对她来说实在太大了，从此她一直卧床不起，不久之后便在伤心和绝望中去世了。

乔安娜和丈夫在科尔切斯特王宫生活了一段时间，陪伴着她的父亲。随后，他们带着父亲在两个国家之间交替生活，一起度过了很多快乐的时光。

卡耐罗拉

（意大利）

从前，有一位国王和他的妻子一直没有孩子，国王便颁布了一道命令：谁能够想办法让国王和王后生育孩子，谁就可以成为仅次于国王的富翁；但如果提供的方法无效，则会被杀头。

命令颁布之后，不少人前来尝试，他们想出了种种办法，最后都失败了，国王和王后还是没有孩子，于是这些人都被国王杀掉了。

后来，一个衣衫褴褛、打扮得像个乞丐的老人来到王宫，对国王说："陛下，请您命人去捕捉一条海龙，再让一个姑娘烹制它的心，王后吃下后就会怀孕。事实上，那位烹制食物的姑娘闻到海龙的味道后，也会怀孕。王后和她的孩子会同时降生。"

国王听完老人的话，虽然半信半疑，但还是按照他说的去做了。国王命人捕捉海龙，并把海龙的心交给一个美丽的农家姑娘烹制。当那个姑娘把海龙的心放入锅内，刚刚闻到飘起的味道时，她便感觉到自己快要做妈妈了。

王后吃了海龙的心之后，也很快怀孕了。跟老人说的一样，王后的儿子和那位厨娘的儿子同时降生，而且两个孩子就像孪生兄弟一般。在他们出生时，发生了很多神奇的事情，王宫里的很多东西，都像生孩子一般生下了一个小东西——大桌子生下了小桌子，大钱箱生下了小钱箱，大衣柜生下了小衣柜，大床生下了小床……

王后的儿子叫埃米里奥，厨娘的儿子叫卡耐罗拉，两个孩子从小便生活在一起，亲密得像兄弟一样。刚开始的时候，王后对这两个孩子都非常喜爱，平时对他们都很照顾，但随着他们一天天长大，王后变得越来越不喜欢卡耐罗拉了。倒不是因为卡耐罗拉做错了什么，而是王后认为卡耐罗拉是厨娘的儿子，不应该跟国王的儿子这么不分彼此。而且，王后还担心卡耐罗拉会比埃米里奥更加聪明和幸运。

虽然王后对卡耐罗拉的成见越来越大，但两个孩子的关系一直非常好，几乎形影不离。王后试图把他们分开，便在儿子面前说卡耐罗拉的坏话，可埃米里奥根本不在意。于是，王后开始想尽办法虐待卡耐罗拉,埃米里奥则每一次都想办法保护卡耐罗拉。在母子俩反复的较量中,王后对卡耐罗拉的厌恶越来越深了。

有一天,埃米里奥和卡耐罗拉像往常一样在一起玩,他们把打猎用的子弹放到火上烤。其间,埃米里奥出去了一下。王后走进房间,看到卡耐罗拉独自一人在火炉旁,便朝他脸上狠狠地扔出一颗滚烫的子弹,想烧死他。幸好子弹扔偏了,从卡耐罗拉的眉毛上飞过,在他的额头上留下了一道伤痕。王后拿起另外一颗子弹在火上烤着,准备再扔一次。就在这时,埃米里奥回来了,王后只好放下子弹,若无其事地离开了。

额头上的伤口很疼,卡耐罗拉强忍着疼痛把帽檐压低,不让埃米里奥发现异常。他们一起烤了一会儿子弹,卡耐罗拉突然对埃米里奥说:"亲爱的兄弟,我决定了,我要离开这里,去外面闯荡一下,碰碰运气。"

埃米里奥还不知道究竟发生了什么,惊讶地问:"我的兄弟,难道你在这里过得不好吗?为什么要离开呢?"

卡耐罗拉强忍着泪水,把帽檐继续低低地压在前额上,对埃米里奥说道:"兄弟,命运不允许我们在一起,我不得不离开你。"

随后,不管埃米里奥如何劝告,卡耐罗拉就是铁了心要离开。他带上一支双筒猎枪——这支枪也是当初他妈妈生他时另一支枪生下的，牵着一匹马和一条狗，背上行囊准备出发。临走前，他举起剑在花园的地上插了一下，一汪清澈的泉水冒了出来，他又在地上插了一下，泉水旁边出现了一棵爱神树。

"亲爱的兄弟，我要走了。"卡耐罗拉对埃米里奥说，"如果有一天，你看到这眼泉水变浑浊了，爱神树变枯萎了，就意味着我遇到了大麻烦。"

说完，两个人洒泪分别，卡耐罗拉踏上了他的冒险旅程。

这一天，卡耐罗拉来到一个岔路口——一边通向一片茂密的森林，另一边通向一片旷野。在这个岔路口旁边，有一片菜园，两个农夫正在大声争吵。卡耐罗拉走过去，问他们为什么争吵。

"我捡到了两枚金币，"一个农夫说道，"我这个伙计非要我给他一枚，因为我捡到金币的时候，他也在旁边。"

"是我先看见的，"另一个农夫说道，"至少是我们同时看见的。"

卡耐罗拉说："你们不要为了这个伤了和气。"说着，他从口袋里取出四枚金币，给两个农夫每人两枚。见卡耐罗拉这样慷慨，两个农夫都非常惭愧，不知道该如何感谢他才好。卡耐罗拉冲他们挥挥手，上马继续往前走。当他来到岔路口时，他选择了通往森林的那条路。

"年轻人，别去那边！"农夫在身后喊道，"那片森林去不得，谁进去了都会有去无回，你还是走另一条路吧！"

卡耐罗拉谢过农夫，转身走向另一条路。走了一段时间之后，他看到路边有几个男孩正在用棍子戳地上的一个东西，仔细一看，是一条蛇，尾巴断了，被男孩们折磨得奄奄一息。

"放了它吧，你们不觉得它很可怜吗？"卡耐罗拉对孩子们说。

男孩们扭过头，看到卡耐罗拉背着猎枪骑在马上，旁边还跟着一条狗，便听话地放了那条蛇。卡耐罗拉看着蛇拖着残缺不全的尾巴爬走之后，才转身继续赶路。

天黑时分，卡耐罗拉来到一片树林。寒风在树林里穿梭，伴随着风声还有各种猛兽的吼叫，这让卡耐罗拉很是害怕。就在这时，一个美丽的少女出现在树林里，手里提着一盏灯，径直来到卡耐罗拉面前。

"可怜的年轻人，"少女对卡耐罗拉说，"去我家暖暖身子，休息一下吧。"

卡耐罗拉惊讶得说不出话来，尽管他跟在少女后面往前走，但他仍然觉得有点不真实，像是在做梦。

来到少女的家中后，少女对卡耐罗拉说："还记得被你从孩子们的棍棒下救出的那条蛇吗？那就是我。你看，我左手小拇指的指尖是断的，因为我的尾巴被他们弄断了。现在我来救你，就是为了报答你。"

卡耐罗拉听完女孩的话，非常高兴。少女生起了火，屋子里暖和起来，然后又准备了丰盛的晚餐。他们一起吃过晚餐后，少女为卡耐罗拉收拾出一间干净舒适的卧房，跟他道过晚安之后便离开了。卡耐罗拉躺在柔软的床上，美美地睡了一觉。

第二天一早，少女在送卡耐罗拉离开时拥抱了他，并深情地说："去吧，你现在还需要经历磨难，但终有一天，我们还会再见的。到那个时候，我们就可以幸福地生活在一起了。"

卡耐罗拉不太理解她说的话，不过还是拥抱了她，然后依依不舍地和她告别，向树林深处走去。

不知道走了多久，卡耐罗拉在树丛中发现了一只鹿，那只鹿的头上长着一对金色的角。卡耐罗拉觉得非常罕见，便举起猎枪，瞄准了那只鹿。就在他瞄准的同时，鹿警觉地跑了。卡耐罗拉骑着马，在后面紧紧追赶。但是鹿很快消失了，他也迷失了方向。就在这时，下起了暴雨，他连忙去找避雨的地方，结果发现了一个山洞，他便牵着马、带着狗躲了进去。

进入山洞后不久，他听到洞外传来一个细小的声音："好心的年轻人，能让我进去躲一下雨吗？"

卡耐罗拉往外看去，发现说话的是一条小蛇。因为刚刚碰到那位少女，他现在对蛇很有好感，便对它说："没问题，快进来吧。"

"可是，我很怕狗，它会咬到我。"蛇说，"你能把狗拴起来

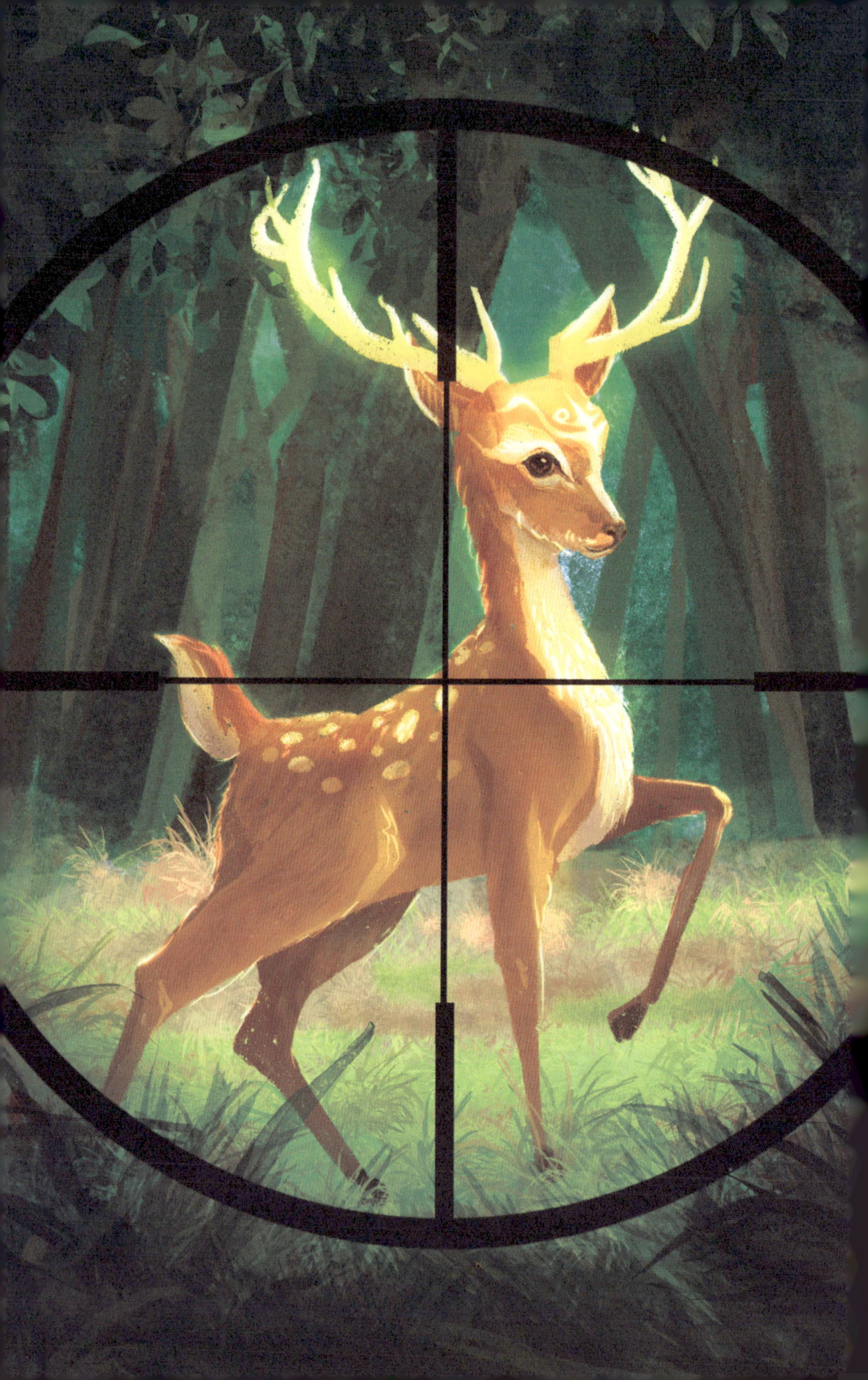

吗?"

卡耐罗拉一听,便把狗拴了起来。

"还有马,马的蹄子也会踩到我。"蛇又说道。

卡耐罗拉便拿出一根绳子捆住了马腿,然后对蛇说:"这下可以了吧?"

"我还是有点不放心。"蛇说,"你还背着猎枪呢,万一枪走了火,我会被打死的。原谅我胆子小。"

卡耐罗拉听了,便取下猎枪,卸下子弹,对蛇说:"看到了吧,这下你没什么好担心的了吧?"

蛇点点头,慢慢爬进山洞。当它爬到卡耐罗拉面前时,突然变成了一个可怕的巨人。卡耐罗拉的狗和马都被拴起来了,枪里的子弹也被卸掉了,所以他根本无法抵抗,被巨人一把抓在手里。巨人一只手像拎着小鸡一样抓着卡耐罗拉,另一只手掀开山洞里的一个墓穴,把卡耐罗拉扔了进去。

与此同时,身在王宫的埃米里奥感到了强烈的不安。他来到花园,看到泉水变得很浑浊,泉水边的爱神树也枯萎了。

"天哪!"埃米里奥喊道,"我的兄弟卡耐罗拉肯定遇到大麻烦了!我要去救他,不管他在哪里,我都要找到他!"

国王和王后都劝阻埃米里奥,不让他离开王宫,可是他去意已决,发疯一般地要去找寻卡耐罗拉,谁也拦不住他。他像卡耐罗拉一样,背上猎枪,骑着马带着狗出发了。

他来到那个岔路口，在那片菜园里又看到了那两个农夫。由于他和卡耐罗拉长得像孪生兄弟，农夫一看到他，便喊道："年轻人，你回来了啊！"

"你们认得我？"埃米里奥问。

"当然，你难道忘了吗？就在几天前，你从这里路过，给了我们四枚金币，我们还提醒你别走通往森林的那条路，走另外一条呢。"

"是的，我想起来了！"埃米里奥说着把手伸进口袋，又给了他们四枚金币。埃米里奥很高兴，因为他现在知道了卡耐罗拉的消息。他告别那两个农夫，顺着卡耐罗拉走过的路继续向前。不久之后，他来到了卡耐罗拉遇到少女的那片树林。

"欢迎你，我丈夫的朋友！"少女突然出现在埃米里奥面前，仿佛早就料到他的到来。

埃米里奥被吓了一跳，连忙问："你好，请问你是谁？"

"我呀，是应该和卡耐罗拉结婚的仙女。"

"如果是这样，请你告诉我，卡耐罗拉还活着吗？如果他还活着，他现在在哪里？我要马上去救他！"

少女听到埃米里奥的话，眼里噙(qín)满了泪水，她哽咽着说："朋友，我们的亲人卡耐罗拉正被埋在地下受苦，你赶快去救他吧！记住，千万不要上那条虚伪的蛇的当！"说完，她便从埃米里奥面前消失了。

埃米里奥快马加鞭，继续向前走去。他来到树林深处之后，也遇到了那只长着金角的鹿，追赶那只鹿迷路之后，也碰到了暴雨，最后跟卡耐罗拉一样，也躲进了那个山洞。

这时候，那条小蛇又出现了。它停在洞口，像上次一样恳求埃米里奥，希望他能让自己进去躲一下雨，暖暖身子，埃米里奥答应了。蛇让埃米里奥把狗拴起来，埃米里奥便把狗拴住了。蛇又让埃米里奥把马腿拴起来，埃米里奥也照做了。最后，蛇又让埃米里奥把枪里的子弹卸下来，埃米里奥取下枪的时候，想起了少女对他说的话，便举起枪，对着蛇说："噢，你想让我把子弹卸下来，是吗？"

没等蛇回答，埃米里奥已经扣动了扳机，连着开了两枪。硝烟散去，洞口的那条蛇不见了，取而代之的是一个巨人的尸体，头上有两个弹孔，正在汩汩地往外冒血。这时候，埃米里奥听到有声音从洞穴里的地下传来："救命！救命！快来救我们吧！"

埃米里奥顺着声音，打开地下的墓穴，卡耐罗拉从里面跳了出来，还有很多人跟在他后面，他们是曾经路过这里的王子、男爵、骑士，连同他们的马匹，都已经被关在这里很多年了。埃米里奥和卡耐罗拉紧紧地拥抱在一起。随后，他们走出洞穴，所有人都翻身上马，一起飞奔着离开了这片树林。

来到树林的边缘，他们到了那位少女的家，看到她和一群美丽的女孩一起迎了出来。原来，她们都是森林里的仙女，被巨人用魔法困在了这里。现在巨人被消灭了，她们也获救了。这些仙女都非常美丽，而救过卡耐罗拉的那位是她们中最美的一个。她跑过来，拉着卡耐罗拉的手，扶他下马，紧紧地拥抱着他说："亲爱的，我们的苦难终于结束了，我们可以一起过幸福的生活了！我要嫁给你，正式成为你的妻子！"

随后，她转过身，叫来一位容貌不逊于她的仙女，对那位仙女说："看到了吗？那位就是埃米里奥，他是我丈夫最亲密的朋友，是一个王子，也是杀死巨人的英雄，请你做他的妻子吧，相信他会给你幸福的！"

其他仙女也纷纷向埃米里奥身后的队伍走去，她们都从那些王子、男爵和骑士中找到了自己心爱的人。随后，所有人一起举行了盛大的婚礼，每个人脸上都洋溢着无与伦比的幸福。

埃米里奥和卡耐罗拉带着他们的妻子回到了王宫，整个国家都在为他们庆祝，像是在过一个盛大的节日。

白熊国王瓦勒蒙

（挪威）

从前，有一个国王，他有三个女儿，大女儿和二女儿品性都很差，只有小女儿是个单纯善良的孩子。在周围人眼中，小女儿就像灿烂的阳光一样纯洁而美好，国王也非常疼爱她。

一天晚上，小女儿做了一个梦，在梦中，她见到一个非常精致的黄金的花环，从见到花环的第一眼起，她就喜欢上了花环。醒来之后，她对花环依旧念念不忘，觉得自己如果得不到花环，恐怕就活不下去了。就这样，她一天比一天憔悴起来。

国王听说后，找来全国的金匠，让他们按照小公主的描述制作那个花环。金匠们不分昼夜地工作，制作了无数个黄金花环，可没有一个是公主梦中见到的样子，那些花环不是被公主

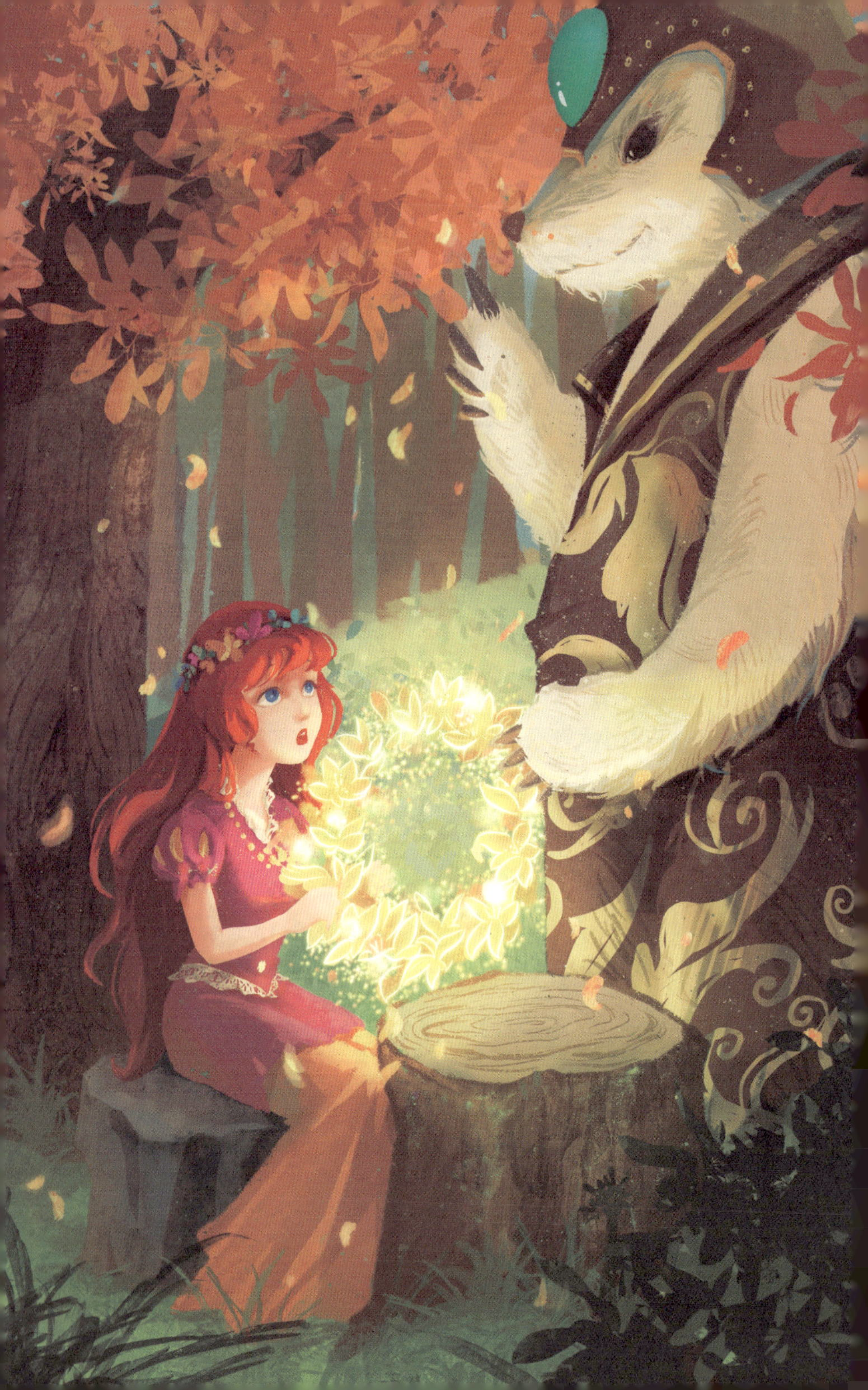

当场扔掉，就是连看都不愿多看一眼。

这一天，心情烦闷的公主来到森林里散心，她看到一只白熊正把玩一个金色的花环。公主仔细一看，这个花环跟她在梦中见到的一模一样。于是，她连忙跑过去，想从白熊手中买下花环，无论多少钱她都愿意出。

"亲爱的公主，我可以把这个花环给你，"白熊说，"但我不要你的任何钱财，我需要你用自己作为报酬。"

公主犹豫了，可她的视线根本无法从花环上移开——她实在太想得到它了。思来想去，她觉得如果自己不能拥有这个花环，那么活着也没有什么意思了，与其这样，还不如答应白熊的要求。于是，她对白熊说："好吧，我答应你，用我自己交换你的花环。"

白熊点点头，把花环给了公主，并和她约定："三天之后是星期四，我会在那一天去王宫把你接走。"

公主拿着心爱的花环回到王宫，大家都很高兴。可是，国王在听说她和白熊的交易后大吃一惊，坚决不同意让白熊把自己心爱的女儿带走。于是，他在王宫内外部署了大批士兵，用来阻挡白熊。

三天之后，白熊来了。国王原以为自己的兵力足够强大，对付一只白熊绰绰有余。可没想到的是，士兵手中的武器对白熊完全没用，没有一个人能阻挡他。成群的士兵被打倒在地，白熊如入无人之境，一步步朝着王宫内部走去。

国王知道，想要阻拦白熊是不可能的了，但他又舍不得交出自己的小女儿，于是便让大女儿穿上小女儿的衣服，把她交给了白熊。白熊把大女儿驮在背上，飞奔而去。

往前走了一段路之后，白熊问身上的公主："你以前坐过更柔软的东西吗？你以前看过更美好的景象吗？"

"是的，"大女儿回答道，"我坐在母亲膝盖上的时候觉得更柔软，我在父亲的王宫里看过更美好的景象。"

"哦，那你就不是我要带走的人。"白熊说完，把大女儿放下来，把她赶了回去，并声称他还会再去王宫。

一周之后，在第二个星期四，白熊又来了。国王像上次一样，早早地做好了准备。这一次，他部署了更多的兵力，使用了威力更大的武器。可是，所有这一切还是无法阻挡白熊，他依旧不费吹灰之力便来到王宫里面。国王让二女儿穿上小女儿的衣服，把她交给了白熊。白熊把二女儿驮在背上，飞奔而去。

往前走了一段路之后，白熊问身上的公主："你以前坐过更柔软的东西吗？你以前看过更美好的景象吗？"

"是的，"二女儿回答道，"我坐在母亲膝盖上的时候觉得更柔软，我在父亲的王宫里看过更美好的景象。"

"哦，那你就不是我要带走的人。"白熊说完，把二女儿放下来，把她赶了回去，并声称他还会再去王宫。

又过了一周,在第三个星期四,白熊又来了。这一次,国王派出了所有的军队,使用了所有的武器,可还是无法阻挡白熊的脚步。最后,国王的军队几乎被消灭殆尽。国王知道自己再也无法阻挡白熊了,只得把小女儿交给了他。白熊把小女儿驮在背上,飞奔而去。

走了一段路之后,白熊像前两次一样问身上的公主:"你以前坐过更柔软的东西吗?你以前看过更美好的景象吗?"

"不,"公主回答,"从来没有!"

"很好,"白熊高兴地说,"你就是我要带走的人。"

白熊带着公主,来到一座漂亮的城堡。跟这座城堡比起来,连国王的王宫都要寒酸多了。公主住在里面,几乎什么都不用做,每天生活得很好。白熊每天白天时都会出去,到了晚上才回来。每到夜晚,白熊在黑暗中变成人形,跟公主在一起。

三年过去了,公主在每一年都会生下一个孩子。白熊会在孩子降生之后,第一时间把孩子带走,这让公主非常伤心。可是无论她如何请求,希望把孩子留在自己的身边,白熊都无动于衷。

公主感到越来越孤单,越来越思念自己的父母,她问白熊,能否允许她去探望双亲。白熊同意了,但提出一个条件:"你只能听从你父亲的话,不能听从你母亲的话。如果你能做到这一点,我就让你回去。"公主答应了。

公主回到王宫，向国王和王后讲述了自己生活的情况，请他们不要担心。国王看到心爱的小女儿安然无恙，心里非常高兴。王后听完公主的话，交给她一支蜡烛，让她带回去，等白熊睡着之后点燃，看看他变成人形后究竟是什么样子。国王听到之后，不建议她这样做，认为这样不会有什么好处。最后，公主在离开的时候，还是把那支蜡烛带上了。

到了晚上，白熊回来了，像往常一样变成人形，躺在公主身边，很快睡着了。自从公主带回那支蜡烛，好奇心便不断地在她心里膨胀，她非常想看看白熊变成人形后的样子。于是，她悄悄下床，点燃了蜡烛。在烛光的照耀下，她看到一张英俊的脸庞，正闭着眼睛沉浸在睡梦中。她越看越喜欢他的样子，舍不得把蜡烛熄灭。就在这时，一滴蜡油流了下来，滴在他的脸上，把他弄醒了。

"你在干什么？"他叫起来，"这下你给我们都带来了灾祸！"

公主被吓坏了，不知所措地看着他。

他叹了口气，说："我的名字叫瓦勒蒙，是一个国王，中了女巫巨人的魔法，白天会变成一只白熊。本来，只要你什么都不做，再过一个月，我身上的魔法就能解除了。可现在，我们都完了，我不得不到女巫那里去，跟她结婚。"

公主这才知道自己闯了大祸，她哭闹着，不让白熊国王离开，可白熊国王表示非走不可。公主希望白熊国王能带她一起走,但是被拒绝了。白熊国王说如果女巫发现了她,肯定会伤害她。

白熊国工披上熊皮,匆匆忙忙往外走。公主舍不得他,抓住他的皮毛,跳到他背上,紧紧地抱着他。白熊国王无奈,只得带着她一起往前走去。

他们翻山越岭,穿过幽暗的森林和茂密的灌木丛,公主的衣服都被划破了。不知道过了多久,公主在白熊国王背上睡着了。等她醒过来的时候,发现自己正躺在森林里的一棵大树下,白熊国王已经不见了踪影。

公主沿着地上的足迹往前寻找,看到前面有一间小房子,里面住着一个满脸皱纹的老太太和一个漂亮的小女孩。

公主问她们:"请问你们是否见过一只白熊?他是白熊国王瓦勒蒙。"

"见过,"老太太和小女孩说,"他早上急急忙忙地从这里跑过,跑得非常快,你是追不上他的。"

"不,我一定要追上他。"说着,公主便朝前面走去。

"你看那个可怜的女人,她身上的衣服都破了。"小女孩对老太太说,"把那把金剪刀给她吧,她比我们更需要它。以后只要她挥舞这把剪刀,就会有穿不完的衣服。"

于是,小女孩送给公主一把金剪刀,公主带着它上路了。她不停地往前走呀走呀,从白天走到晚上,又从晚上走到白天,始终没有走出那片森林。

第二天早上，公主看到前面又出现了一间小房子，里面也有一个满脸皱纹的老太太和一个漂亮的小女孩。

"你们好。"公主向她们打招呼道，"你们是否看到过一只白熊？他是白熊国王瓦勒蒙。"

"噢，看到了，"老太太和小女孩说，"昨天他匆匆忙忙经过这里，走得很快，你恐怕是追不上他了。"

"不，我一定要追上他。"公主说着，继续往前走去。

"看那个可怜的女人，走这么远的路，连口水都没得喝。"小女孩对老太太说道，"把那个长颈瓶给她吧，她比我们更需要它。以后只要她打开这个瓶子，就能从里面倒出各种她想要的饮料。"

于是，小女孩把那个长颈瓶送给了公主。公主谢过她，带着瓶子继续向前走去。

第三天早上，公主在森林里又看到一间小房子，房子里同样有一个老太太和一个小女孩。

公主问她们："请问你们是否见过一只白熊？他是白熊国王瓦勒蒙。"

"哦，看见过，"老太太和小女孩说，"昨天晚上他急匆匆地路过这里，走得很快，估计你是追不上他了。"

"不，我一定要追上他。"公主一边说，一边继续往前走。

"看那个可怜的女人，走了这么久都没吃什么东西。"小女孩对老太太说，"把那块桌布给她吧，她比我们更需要它。以后只要她铺开这块桌布，就有各种吃不完的食物。"

于是，小女孩把那块桌布送给了公主。公主谢过她，带上桌布继续往前走去。

不知道在森林里又走了多久，公主来到一处峭壁跟前。峭壁很高，非常陡峭，就像是一面高墙，看不到顶，也看不到两边。如果要继续往前走，只能想办法翻过它。

公主在峭壁下寻找上去的路，又发现了一间小房子，房子门前有一个老太太。

"你好，"公主问老太太，"请问有没有看见一只白熊？他是白熊国王瓦勒蒙。"

"看见了，"老太太说，"三天前，他爬上了前面的这座高山。不过你也看见了，这座山陡峭得连小鸟都飞不上去。"

这时候，房子里传来小孩子的哭声，公主往里面看，发现房子里有很多小孩，他们都在哭闹着要吃的。老太太叹了口气说："家里太穷了，没办法养活这么多孩子，他们一直都缺衣少食，实在太可怜了。"

公主连忙取出她带着的桌布和长颈瓶，变出很多吃的喝的拿给孩子们。等孩子们吃饱喝足之后，她又拿出金剪刀，给他们每人都做了新衣服。做完这一切，孩子们都开心极了。

"你真是个好心人。"老太太说,"既然你帮助了我们,我们也要帮你。我的丈夫是一个技术高超的铁匠,我可以让他给你铸造一双铁爪子,你戴上铁爪子就可以爬山了。你先去休息,他晚上就会回来。"

公主高兴地睡下了,等第二天一早醒来时,铁匠已经打好了铁爪子。公主戴上它们,果然可以在峭壁上攀爬。她从白天一直爬到晚上,又从晚上爬到天亮,就在她精疲力竭的时候,终于爬上了山顶。

山顶完全是另外一个世界,那里是一片平原,有宽阔的田野和牧场,前面有一座城堡。公主走进城堡,看到有许多人正在忙碌着。

"你们在做什么?"公主问。

"我们在筹备女巫巨人的婚礼,"人们告诉她,"三天之后,她就要和白熊国王瓦勒蒙结婚了。"

公主一听,连忙打听女巫巨人的住处,要去找她。公主来到女巫巨人窗前,一边大声叫喊,一边挥舞着那把金剪刀。顿时,各种华美的衣服在天上飞舞,有丝绸的,有天鹅绒的,上面还镶嵌着闪闪发光的宝石。女巫巨人看见了,顿时被吸引过来,她想买下这把剪刀。

"想得到这把剪刀,你今晚要让我和我的情人在一起。"公主对女巫巨人说。

"你的情人是谁?"

"白熊国王瓦勒蒙。"

尽管女巫巨人百般不愿,可她实在太想要那把神奇的剪刀了。于是,她答应了公主的要求,但提出了一个条件:"我可以让你见他,但必须在他睡着之后。"

当天晚上,在吃晚饭的时候,女巫巨人在白熊国王的杯子里放了安眠药,然后把他送到公主面前。无论公主如何叫喊,白熊国王一直昏睡不醒。第二天一早,女巫巨人便带走了还在熟睡的白熊国王,把公主赶了出去。

公主又一次来到女巫巨人窗外,拿出那个长颈瓶,从里面倒出无穷无尽的饮料,像一条小河一样流淌。女巫巨人看见之后,又想要这个瓶子。公主提出和上次一样的条件,女巫答应了,但还是要求在白熊国王睡着之后才能见他。

当天晚上,女巫巨人又给白熊国王下了安眠药,让他沉睡不醒。无论公主在他身旁如何哭喊,都无法唤醒他。第二天一早,女巫巨人又把公主赶了出去。

不过,这一次公主的哭喊,被一个在隔壁干活的工匠听到了。白熊国王醒来之后,工匠把昨晚发生的一切告诉了他。白熊国王这才知道,是公主来救自己了。

此时,公主再次来到女巫巨人窗前,向她展示那块神奇的桌布。女巫巨人看见了,立刻想得到它。公主再次提出同样的条件，女巫巨人也提出和前两次一样的要求，让公主在白熊国王睡着之后再去见他。

当晚，女巫巨人又在白熊国王的杯子里放了安眠药，可是国王悄悄把它洒到了地上，然后假装睡去。女巫巨人似乎还有点担心，拿来一根缝衣针，朝白熊国王的胳膊刺去。无论她刺有多痛，白熊国王都强忍着一动不动。女巫巨人这才放下心来，让人把公主带了进来。

白熊国王终于见到了公主，两个人紧紧拥抱在一起。白熊国王说："亲爱的，让你受苦了。你知道吗？只有你独自来这里找到我，我身上的魔法才能破除。现在，我们终于自由了，我们要想办法除掉这个女巫巨人！"

第二天，白熊国王装作若无其事地从床上醒来，仿佛昨晚什么事情都没发生。女巫巨人继续让人筹备他们的婚礼，白熊国王则安排自己的亲信在接新娘的路上做了一个陷阱，陷阱设在一座桥下。

婚礼当天，女巫巨人穿着新娘的衣服，骑马走在队伍最前面。当她经过那座桥时，桥上的木板突然断开，她毫无防备地掉到水下的陷阱里，然后被淹死了。

这时候，瓦勒蒙国王彻底恢复了人的样子，带着公主前往自己的国家，要和她举行真正的婚礼。

在他们回去的路上，有三个小女孩在路边等着他们。公主认得，就是之前在小房子里见到的那三个小孩，分别给了自己金剪刀、长颈瓶和桌布。

"快来看看你的孩子吧！"瓦勒蒙国王说。原来，她们就是公主当初生下的那三个孩子。瓦勒蒙国王把她们从公主身边带走，就是为了后面能够帮助到公主。直到现在，公主才明白瓦勒蒙国王的良苦用心。

公主流着眼泪，紧紧拥抱着自己的孩子，他们一家人终于幸福地团聚了。

贝琳达与丑妖怪

（意大利）

从前，在一个叫里窝那的地方有一个商人，他有三个女儿，长得都非常漂亮。大女儿和二女儿性格傲慢而偏执，喜欢嫉妒别人。小女儿既美丽又善良，待人温柔又谦虚，大家非常喜欢她，都叫她贝琳达，在意大利语中是小美人的意思。

由于商人很富有，三个女儿一直过着衣食无忧的生活。在逐渐长大成人后，城里的不少商人都来向她们求婚。大女儿和二女儿对这些求婚者总是不屑一顾，直截了当地拒绝道："我们才不稀罕嫁给一个商人呢！"

当这些求婚者找到贝琳达时，她总是礼貌而委婉地说："我现在还小呢，等我长大一些再考虑这件事吧。"

俗话说，天有不测风云，人有旦夕祸福。这一天，一个不幸的消息传来，商人的货船在海上失踪了，连同船上大量的货物——那是他的全部家当。没有了这些货物，他很快便破产了，不得不带着三个女儿搬到乡下的一个小房子里，像农民那样靠种地维持生计。

大女儿和二女儿听到这个消息，犹如遭到晴天霹雳，她们死活不愿意去乡下，叫嚷着说："爸爸，我们才不愿意去乡下种地呢！我们要留在城里，这里有不少绅士等着娶我们呢！"

大女儿和二女儿去找她们口中的绅士，也就是当初向她们求婚的那些人。那些人已经听说了她们家中的变故，变得一贫如洗，一个个躲得远远的，还挖苦道："这下好了，正好可以让她们学学怎么做人，看她们还敢不敢像以前那样盛气凌人！"

不过，这些人虽对大女儿和二女儿冷嘲热讽，对贝琳达却不这样。他们都非常同情贝琳达，有的人还继续向她求婚，表示哪怕她身无分文也无所谓。但贝琳达还是委婉地拒绝了这些人，因为她知道现在是父亲最艰难的时刻，她要守在父亲的身边，帮他渡过难关。

到了乡下之后，贝琳达每天都很早起床，去地里帮父亲干活，做各种家务。她的两个姐姐呢，通常睡到太阳升得老高了才起床，连一根手指都不愿意多动，还动不动就冲贝琳达发火，说她每天干那些粗活像一个村姑。

这一天，商人收到一封信，信里说那艘失踪的货船被找到了，而且已经回到了里窝那。大女儿和二女儿听到这个消息后，马上想到又可以回城里生活，都高兴坏了。商人也很高兴，他对三个女儿说："我现在就要动身去里窝那，你们想要我给你们带点什么回来？"

大女儿连忙说："我想要一条丝绸长裙。"

二女儿接着说："我也要，我要桃红色的。"

只有贝琳达坐在那里，什么都没有说。商人又问了她一遍，她这才开口道："现在还不是买贵重东西的时候，如果您非要带点什么给我，就给我带回来一朵玫瑰吧。"两个姐姐听到她的要求，都对她嗤笑不已。

商人来到里窝那，找到运送货物的那艘货船，船的确回来了，可是船上的货物已经被人搬空了。这个可怜的老人又一次遭到沉重的打击，失魂落魄地离开了码头。他不想让自己的女儿们也失望，便用身上仅剩的钱买了两条丝绸长裙，以满足大女儿和二女儿的要求。他想再去买一支玫瑰，可他已经身无分文了，只好作罢。他知道贝琳达最通情达理，一定不会为此跟他胡搅蛮缠。

商人连夜往乡下的家里赶，天全黑了，还下起了雪，他在一片树林里迷了路。四周传来狼的嚎叫，他躲在一棵树下，又冷又饿又怕。这时候，他突然发现前面出现了一点亮光，像是一户人家。他连忙朝着亮光跑去，走近一看才发现，那居然是一座灯火通明的宫殿，非常雄伟气派。他小心翼翼地走进去，里面一个人都没有。壁炉里的火烧得很旺，他便走过去，一边烤火，一边等待着宫殿里的人出现。可是他一直等了很久，还是没有看到一个人。

他继续在宫殿里寻找，来到餐厅，看到餐桌上摆满了各种美味的食物。他禁不住饥饿，坐下吃了起来。吃饱喝足之后，他来到一间卧室，躺下睡了过去。

第二天早上，商人一觉醒来，看到床边放了一套崭新的衣服，四周还是一个人都没有。尽管心中充满疑惑，他还是换上了新衣服，走出宫殿，来到外面的花园。在花园里，他看到一片开得正艳的玫瑰，漂亮极了。他想起小女儿贝琳达的要求，心想这下刚好可以满足她的愿望了。于是，他走过去，选了一朵最美的玫瑰，摘了下来。

就在这时，他的身后传来一声大吼，一个妖怪突然跳了出来。这个妖怪长得奇丑无比，只要看上一眼，就会让人感到极其恶心和恐惧。这个丑妖怪一把抓住商人，冲他喊道："我给你吃好的、住好的、穿好的，你还不满足，还来偷我的玫瑰，我要你用命来赔！"

商人被吓得浑身发抖，跪在地上，连声哀求，向妖怪解释自己为什么要摘玫瑰。妖怪听他讲述了小女儿贝琳达的事情之

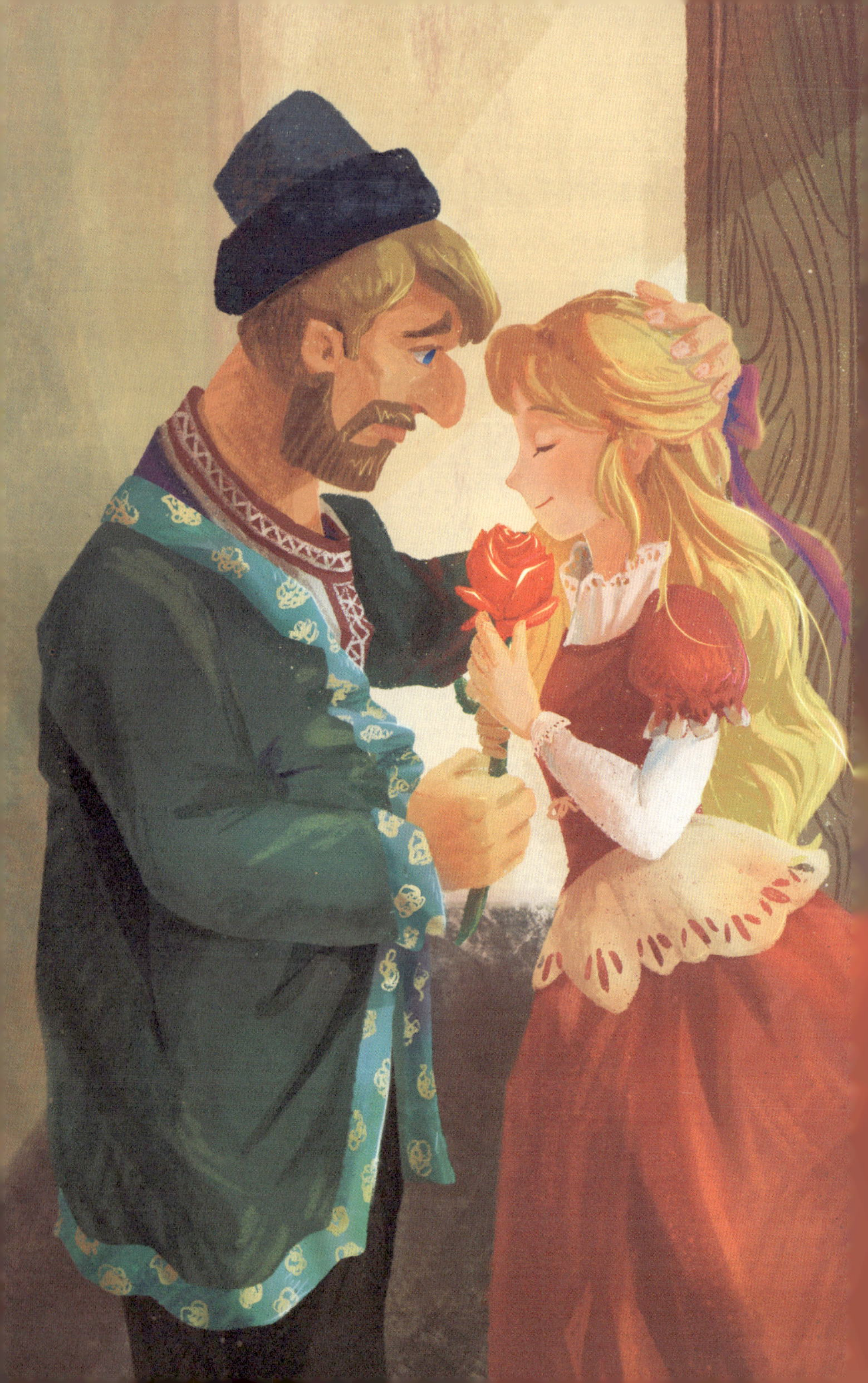

后，情绪平复了不少，一字一句地说:"听着，我可以放了你，但有一个要求，去把你的小女儿带过来，放心，我会像对待女王那样对待她。如果你不送她过来，别怪我对你和你的家人不客气!"

商人已经被吓得半死，哪里还敢说半个不字。妖怪把他带回宫殿，拿出大量的金银珠宝，让他随意挑选，然后装到一个箱子里让他带走。临走的时候，妖怪又一次提醒，让他不要忘了他们之间的约定。

商人惊魂未定地回到家中，三个女儿都围了过来。大女儿和二女儿拿到自己心爱的裙子，高兴得又蹦又跳，贝琳达也拿到了她想要的玫瑰，脸上绽放出了甜美的笑容。商人看着美丽又可爱的贝琳达，想到和妖怪的约定，顿时放声大哭。

贝琳达连忙问父亲究竟发生了什么，商人把事情的经过全都说了出来。两个姐姐一听，立刻对起贝琳达抱怨道:"你说你要什么不好，非要什么玫瑰!这下好了，我们都要跟着你遭殃了!"

贝琳达却很平静，对父亲说:"既然妖怪说了，只要我去他那里就不会伤害你们，那我去就是了。牺牲我一个，也比让全家受难好。"

商人坚决不同意把贝琳达交给妖怪，他是真心舍不得自己的女儿。两个姐姐也认为贝琳达简直是疯了，不能去送死，可她们这么说只是假惺惺地附和父亲。不过，不管家里人如何劝阻，贝琳达已经下定了决心，她执意要去妖怪那里，完成父亲的约定。

第二天一早，商人便在贝琳达的要求下带着她出发了。傍晚时分，他们来到妖怪的宫殿，里面和上次一样灯火通明。走进去之后，还是空无一人。餐厅里，同样摆满了丰盛的饭菜。商人和贝琳达在餐桌前坐下来，勉强吃了几口。这时候，宫殿外传来一声吼叫，那个妖怪出现了。贝琳达看到妖怪，一下子惊呆了。她曾经想象过这个妖怪丑陋的样子，可他实际的样子还是超出了她的想象。

妖怪并没有粗鲁地扑过来，而是安静地坐在餐桌的一侧。过了很长一段时间，贝琳达才从震惊中平复过来。妖怪看她恢复了平静，开口问道："你是自愿过来的吗？"

贝琳达抬起头，勇敢地回答："是的。"

妖怪满意地点点头，又拿出满满一箱金银珠宝交给商人，并让他马上离开，再也不准回来。商人心如刀绞，最后吻了一下贝琳达，含着泪离开了。

商人离开之后，妖怪向贝琳达道了一声晚安，也转身离开了。宫殿里只剩下贝琳达一个人，她来到卧室，躺到床上，很快进入了梦乡。她睡得很好，因为她看到妖怪虽然丑陋，却遵守诺言，不再伤害自己的父亲和姐姐，这让她很欣慰。

早上起床后,贝琳达在宫殿里转了一圈,她惊奇地发现,宫殿里的很多地方都写着她的名字——房间的门上写着贝琳达的房间;衣橱上写着贝琳达的衣橱;里面的衣服上写着贝琳达的衣服……在宫殿的很多地方,都挂着一块牌子,上面写着:你是这里的女王,想要什么都可以有。

到了晚上,贝琳达坐在餐桌前准备吃饭的时候,又听到外面传来一声吼叫,妖怪再次出现了。他来到贝琳达跟前,问道:"不好意思,请问我可以陪你吃晚饭吗?"

贝琳达客气地说:"当然可以,您是这里的主人呀。"

"不,"妖怪说,"你才是这里的主人。包括整座宫殿,这里所有的东西都是你的。"

贝琳达有点疑惑地看着妖怪,并没有说话。妖怪继续问道:"我是不是非常丑?"

贝琳达诚实地说:"是的,但是你的善良让我觉得你并不丑。"

妖怪听了,连忙用充满期盼的语气问:"那么,贝琳达,你愿意嫁给我吗?"

贝琳达浑身颤抖了一下,觉得有些为难,她不知道自己一旦拒绝他会发生什么。最终,她决定遵从自己的内心,对妖怪说:"实在抱歉,我只能告诉你,我没想过要嫁给你。"

妖怪并没有做出什么生气的举动,只是流露出非常失望的表情，什么话也没有说。最后，他向贝琳达道了声晚安，叹着气离开了。

时间一天天过去，不知不觉间，贝琳达已经在这座宫殿里待了三个月。每天晚餐时，妖怪都会准时到来，并问她同一个问题："贝琳达，你愿意嫁给我吗？"每次得到的都是贝琳达否定的回答，然后妖怪便叹着气离开。日复一日，贝琳达对此已经习惯，甚至如果哪一天没有见到妖怪，反而感觉少了点什么。

贝琳达经常去花园里散步，妖怪告诉她，花园里有一棵悲喜树，可以预知家人的悲喜。"当它的树叶向上挺立时，就说明你家有了喜事。"妖怪对贝琳达说，"如果它的树叶垂下来，则说明你家发生了不好的事。"

这一天，贝琳达来到花园，看到悲喜树的树叶全都向上挺立起来，连忙问妖怪："我家有什么喜事吗？"

妖怪说："你的大姐要嫁人了。"

"那我可以去参加姐姐的婚礼吗？"贝琳达问。

"去吧，"妖怪说，"不过你要记住，八天之内一定要回来，如果你不回来，我就会因此死去。你把这枚戒指戴在手上，如果上面的宝石变暗了，就说明我遇到了危险，你一定要马上回来。"

说着，妖怪给了贝琳达一枚戒指，然后又让她从宫殿里随意挑选了一些东西，作为给大姐的结婚礼物。贝琳达找来一个箱子，往里面装了很多金银珠宝和好看的衣服。她把箱子放在床下后，便上床睡觉了。

第二天一早，当贝琳达醒来的时候，她发现自己已经神奇地来到了乡下的家中，带的那箱礼物也在旁边。父亲见到她，高兴得流下了眼泪。两个姐姐也非常高兴，不过当她们听说贝琳达生活得非常惬意、富足，而且那个妖怪心地又非常善良时，顿时嫉妒起来。她们看到贝琳达一直很在意手上的戒指，便以试戴为借口，把戒指骗了过来，然后藏了起来。

找不到戒指的贝琳达非常着急。眼看时间一天天过去，她已经离开宫殿七天了，不知道妖怪那边现在是什么情况，她很是担心。她向父亲哭诉，请他帮忙找到那枚戒指。在父亲的勒令下，两个姐姐才交出戒指。贝琳达拿到戒指一看，发现上面的宝石已经不再闪亮。于是，她不敢再停留，立即动身返回宫殿。

在第八天的中午时分，贝琳达回到了宫殿，可是并没有看到妖怪的身影。晚饭时间到了，贝琳达在宫殿内外焦急地呼唤，心中升起不祥的预感。这时候，妖怪终于出现了，看得出，他的状态很不好，满脸痛苦。

"你终于回来了。"妖怪说，"要是再晚一点，你就见不到我了。你走之后，我还以为你根本不在意我。"

"不，我很在意你。"贝琳达说。

"那你愿意嫁给我吗?"

"啊,这个可不行。"贝琳达如实回答。

转眼又过去了两个月,悲喜树的树叶又一次向上挺立起来,是贝琳达的二姐要嫁人了。贝琳达像上次一样去参加了婚礼,也给二姐带去了一大箱礼物。她原本准备早点回去,可是两个姐姐又故意把她的戒指藏了起来。等她好不容易找到戒指的时候,发现上面的宝石变得比上次还要晦暗。她大惊失色,连忙离开家返回了宫殿。

贝琳达在宫殿里一直等到晚饭时分,妖怪始终没有出现。夜已经深了,她趴在餐桌上不敢离开,害怕妖怪来了自己看不到他。她就这样迷迷糊糊地睡着了。

直到早上醒来,妖怪才有气无力地出现在她面前。他看上去非常痛苦,虚弱地说:"我差点儿就死掉了。你如果再晚回来一点,我就没命了。"

几个月后的一天,贝琳达突然发现悲喜树的树叶全都垂了下来,她连忙问妖怪:"我家发生什么事了?"

妖怪说:"是你的父亲,他快要死了。"

"啊!让我赶快回去一趟吧!"贝琳达哭着说,"我保证这次一定早点回来!"

年迈的商人的确患上重病,不过贝琳达带来了妖怪给的药剂。商人服用之后,病情慢慢好转了。因为自己的时间有限,贝琳达不分昼夜地照顾着父亲。趁着她忙里忙外的时候,她的两个姐姐又把她的戒指偷偷藏了起来。等贝琳达想尽办法找到戒指的时候,她发现上面的宝石完全变了颜色,除了一个角还有一点发亮,其他地方都变成了黑色。

贝琳达用最快的速度赶回宫殿,发现灯火全都熄灭了,漆黑而冷清,像是荒废了上百年。她哭喊着四处寻找,没有发现妖怪的影子,也没有得到任何应答。她找遍了整个宫殿,绝望地来到花园,最后在玫瑰花丛下面,发现了躺在那里的妖怪。

她扑到妖怪身上,发现他已经奄奄一息,心脏微弱地跳动着,似乎随时都会停止。她感到一种前所未有的悲伤,捧起妖怪的脸,一边吻着他,一边哭着说:"妖怪,不要死!你要是不在了,我活着还有什么意思!我现在想好了,我愿意嫁给你!只要你醒过来,我马上就跟你结婚!"

就在这时,贝琳达的眼前突然一片光明。她抬起头,看到整个宫殿的灯火全都亮了起来,从里面飘出动听的音乐和歌声。她再次低下头,发现怀里的妖怪已经不见了,紧接着,一位英俊的骑士出现在她面前。他正站在玫瑰花丛中,恭敬地向她行礼致意。

"谢谢你,我的贝琳达,是你救了我。"骑士说。

"你是谁?"贝琳达吃惊地问,"我心爱的妖怪呢?"

"我就是那个妖怪。"骑士说,"我原本是一个国王,被人施

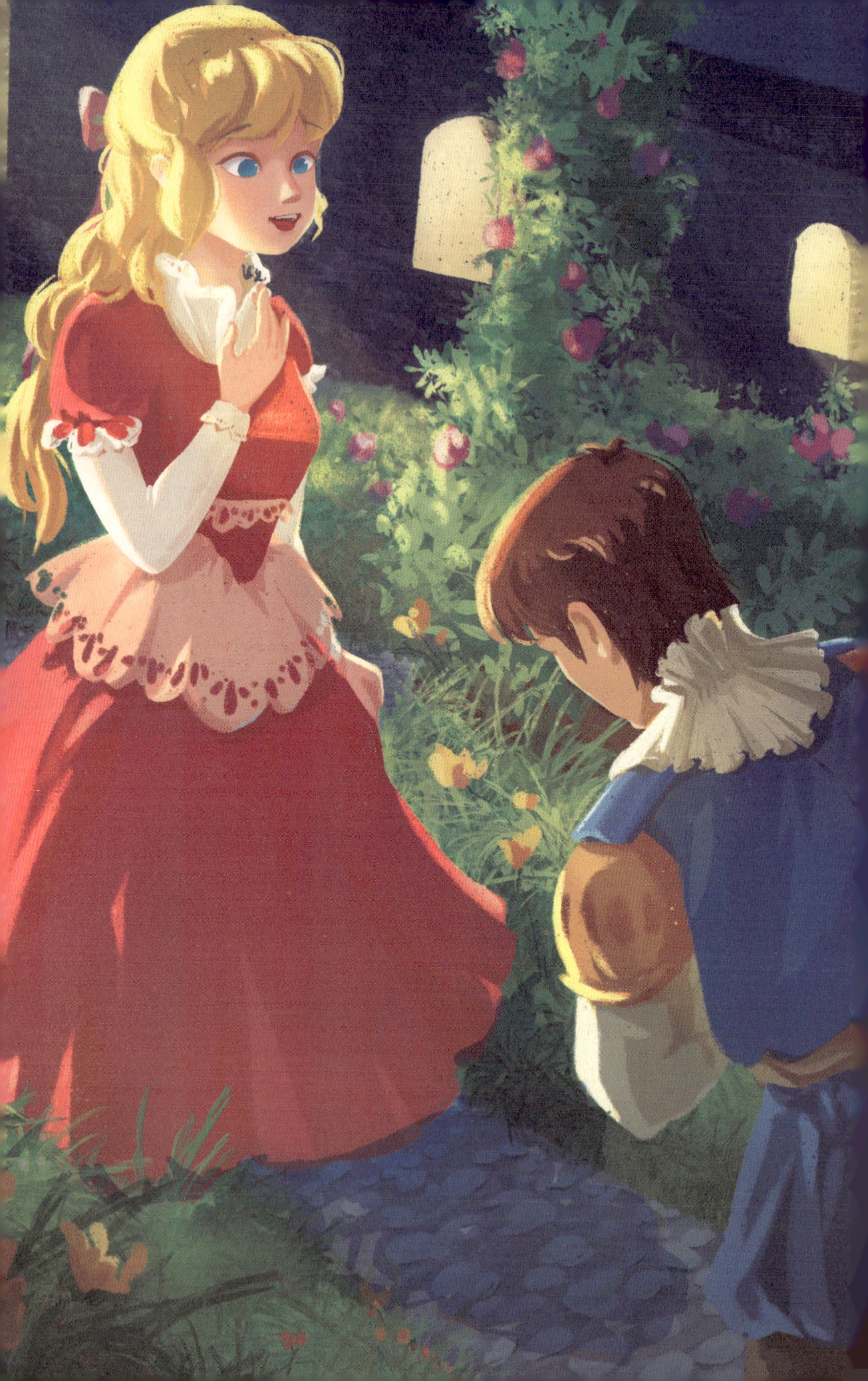

了魔法，才变成丑陋的妖怪。只有碰到一位美丽的姑娘，甘愿接受我丑陋的样子同我结婚，我才能恢复原来的样子。"

贝琳达开心极了，紧紧地拥抱了英俊的国王，然后和他手拉着手，一起向宫殿里走去。

不久之后，贝琳达和国王举行了隆重的婚礼。贝琳达的爸爸和两个姐姐也前来参加了，一起见证贝琳达和国王的幸福时刻。

伊凡王子和青蛙公主

(俄罗斯)

很久以前,有一个国王,他有三个儿子。等到三个儿子都长大成人之后,国王把他们叫到跟前,说:"孩子们,趁我还没老,我想给你们每人娶个媳妇,也好让我早点抱上孙子。"

三个儿子问父亲:"父王,您想让我们娶什么样的人呢?"

国王说:"这样吧,我给你们每人一支箭,你们到原野上去射,箭落到什么地方,你们命中注定的媳妇就在什么地方。"

于是,三个儿子遵照国王的吩咐,每人拿着一支箭来到原野,然后各自搭上弓,把手里的箭射了出去。

大儿子的箭落到一个贵族的院子里,贵族的女儿把箭捡了起来。二儿子的箭落到一个商人的宅子里,商人的女儿把箭捡了起来。小儿子伊凡王子可就没那么幸运了，他的箭不知道飞到哪里去了。他顺着箭射出去的方向走了又走，找了又找，一直走到一片沼泽地跟前。一只青蛙坐在那里，嘴里叼着的正是他的箭。

伊凡王子说："青蛙呀青蛙，请把箭还给我吧。"

青蛙却说："不行，你得娶了我。"

"你这是什么话，你是一只青蛙呀，我怎么能娶你呢？"

"你得娶我才行。"青蛙坚定地说，"别忘了国王说的，这就是你的命运。"

伊凡王子无奈，只得捧起青蛙，把它带回了王宫。原以为父王也会认为娶一只青蛙很荒唐，可是他竟什么都没有说，为三个儿子一起举办了婚礼。就这样，大儿子娶了贵族的女儿，二儿子娶了商人的女儿，而倒霉的伊凡王子，真的娶了一只青蛙。

不久之后，国王又把三个儿子叫到跟前，对他们说："我想看看你们谁的媳妇针线活做得好，让她们每人给我做一件衬衫吧，明天做好给我送来。"

三个儿子向父王鞠躬表示遵命，各自回家去了。与两位哥哥轻松的样子不同，伊凡王子发了愁，他的妻子是一只青蛙，怎么能做出衬衫呢？

看到伊凡王子愁眉不展的样子，青蛙问道："呱呱，伊凡王子，你这是怎么了？"

"唉，父王吩咐你给他做一件衬衫，明天就要送过去。"

"别担心，交给我吧。"青蛙说，"你去睡觉吧，明天一早衬衫就做好了。"

伊凡王子将信将疑地睡觉去了。伊凡王子睡着之后，青蛙跳到门外，脱下身上的青蛙皮，变成了一个漂亮的姑娘。她叫瓦西丽莎，就像传说中的仙女一样美丽，连童话书里都很少见到。

瓦西丽莎拍了拍手，对着外面喊道："奶妈、保姆，你们快来！天亮之前给我做好一件衬衫，要跟我父亲身上穿的一模一样！"

第二天早上，伊凡王子醒来后，第一件事就是去看青蛙。只见青蛙正在地板上蹦蹦跳跳，桌子上果然有一件做好的衬衫，已经被精心地包好了。伊凡王子又惊又喜，连忙拿起衬衫去交给国王。

伊凡王子来到国王的宫殿时，他的两个哥哥已经到了，国王让他们依次把自己的衬衫拿出来展示。

大儿子先打开自己的包裹，把他妻子做的衬衫拿了出来。国王只看了一眼，便说："这件衬衫只能在黑屋子里穿。"

二儿子打开包裹，取出妻子做的衬衫。国王看了一下，说："这件衬衫嘛，也只能在浴室里穿一穿。"

接下来轮到伊凡王子了，两个哥哥都在等着看他的笑话。伊凡王子轻轻打开他的包裹，取出妻子做的衬衫。国王立刻眼前一亮，惊喜地说："这件衬衫才是过节的时候穿的嘛！"

随后，国王又吩咐三个儿子说："我还要看一看你们媳妇的厨艺。让你们的媳妇每人烤一个面包，明天给我送过来。"

伊凡王子回到家，又开始唉声叹气。青蛙看到了，便问道："呱呱，伊凡王子，你又怎么了？"

伊凡王子说："父王又让你给他烤一个面包，明天就要送过去。"

"别担心，交给我吧。"青蛙说，"你去睡觉吧，明天一早面包就烤好了。"

伊凡王子入睡后，青蛙又像上次一样把皮脱掉，变成漂亮的瓦西丽莎，对着外面喊道："奶妈、保姆，你们快来！天亮之前给我烤好一个面包，要跟我父亲平时吃的一模一样！"

第二天早上，伊凡王子醒来后，看到桌上放着一个已经烤好的面包，不仅看上去松软可口，上面还装饰着各种精美的花纹。伊凡王子高兴极了，他把面包包好，拿着去见国王了。

国王打开大儿子拿来的面包，面包烤得像一块铁，他摇了摇头，让人拿给仆人吃了。他又打开二儿子拿来的面包，面包烤得像一块炭，他叹了口气，也让人拿给仆人吃了。最后，他打开伊凡王子拿来的面包，脸上顿时露出满意的笑容，说道：

"这个面包才是过节的时候吃的嘛!"

随后,国王又吩咐三个儿子:"明天我要举行一场盛大的宴会,你们带上自己的媳妇,一起来参加吧。"

伊凡王子又闷闷不乐了,因为他一想到自己要带一只青蛙去参加宴会就发愁。青蛙看到他的样子,问道:"呱呱,伊凡王子,你又怎么了?难道父王骂你了?"

"青蛙呀青蛙,父王让我带你去参加宴会,我怎么能不发愁呢?"

"别发愁,伊凡王子,"青蛙说,"明天你先一个人去宴会,我随后就到。当你听到雷声的时候,不要怕。如果大家问你怎么回事,你就说:'这是我的宝贝青蛙坐着小盒子过来了。'"

第二天,伊凡王子一个人去了宴会。两个哥哥带着他们的妻子已经到了,他们都穿着华贵的衣服,打扮得光鲜亮丽,站在那里一起嘲笑伊凡王子:"你的太太呢,怎么没带过来呀?难道你用毛巾把它包起来了?你是怎么找到这么别致的美人的?换成我,可是打着灯笼也找不到呀,哈哈!"

伊凡王子没有理会他们,走到橡木桌子旁边,跟国王和别的宾客坐到一起。就在这时,突然传来轰隆隆的雷声,所有人都被吓了一跳。伊凡王子连忙对大家说:"各位客人,大家不要怕,这是我的宝贝青蛙坐着小盒子过来了。"

众人还没明白他到底在说什么,突然看到一辆四轮黄金马车停在了宫殿门口,马车由六匹马拉着,显得高贵极了。车门打开,美丽的瓦西丽莎从里面走出来,她穿着一件绀青色的礼服,上面镶满了闪闪发亮的星星;她的头上戴着一个月亮形状的头饰,发出璀璨夺目的光辉,映照着她纯美的脸庞。可以想象,所有人见到她时震惊的样子。

瓦西丽莎来到伊凡王子身边,微笑着挽起他的手臂。伊凡王子这时才意识到,她就是自己的青蛙妻子。一瞬间,他和他的妻子成了所有人注目的焦点,刚才嘲笑他的哥哥嫂嫂们早已无地自容。

在伊凡王子的反复追问下,瓦西丽莎告诉他,自己是脱去青蛙皮变成现在这个样子的。宴会结束后,她还要变回青蛙,至于原因,她始终不愿意说。

趁着别人向瓦西丽莎敬酒的时候,伊凡王子偷偷跑回了家。他找到瓦西丽莎脱下的青蛙皮,把它扔到炉子里烧掉了。他自言自语地说:"这下好了,美丽的瓦西丽莎再也不会变成青蛙了!"

然而,当瓦西丽莎回来发现青蛙皮不见了时,坐在那里伤心地哭了起来,她对伊凡王子说:"唉,伊凡王子呀,你可真干了一件好事!如果你能再等三天,我就可以不用再变成青蛙,永远跟你在一起了!可是现在,我身上的魔法没办法解除了,我也要走了。记住,你要去很远很远的地方才能找到我,那里

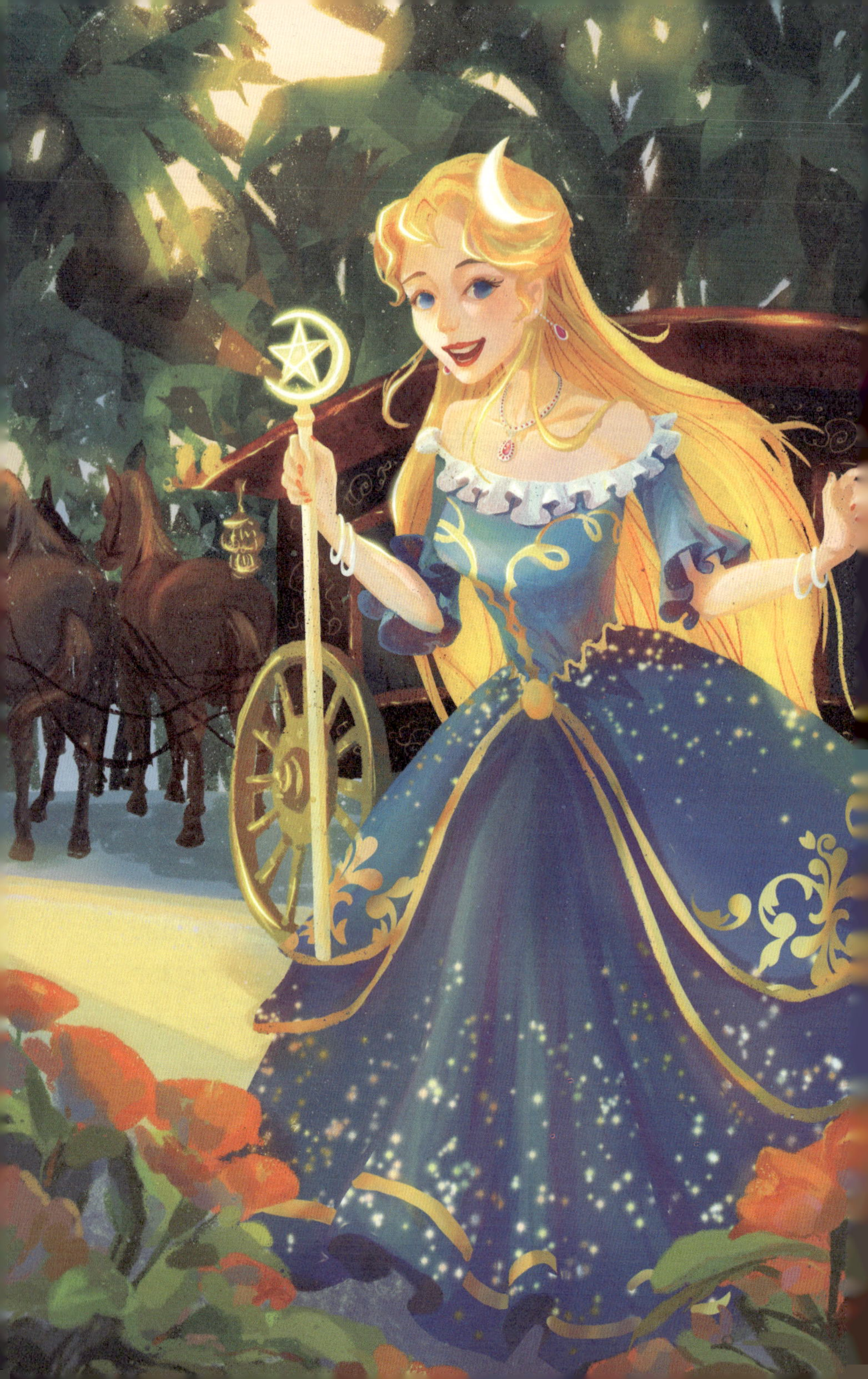

是不死的老人的领地……"

说着，瓦西丽莎变成了一只灰色的杜鹃，鸣叫着飞到了窗外。伊凡王子后悔极了，大哭着追赶杜鹃，可它早已经飞走了。于是，伊凡王子收拾行装，告别父王，踏上了寻找瓦西丽莎的漫漫长路。

他走呀走呀，不知道到底走了多远，靴子都走破了，外套也磨烂了，雨点把他的帽子都滴穿了。这一天，他在路上碰到了一个老人。

老人问："你好呀，小伙子，你要去哪里？要去做什么？"

伊凡王子把自己不幸的遭遇告诉了老人，老人叹了口气说："唉，伊凡王子呀，你真是太鲁莽了！美丽的瓦西丽莎原本是一位高贵的公主，比她的父亲还要聪明。不过，她也很调皮，结果把她的父亲惹生气了，她的父亲便让她变成青蛙三年。原本还有三天魔咒就要解除了，你却烧掉了青蛙皮，不是你给她穿上的，你就不应该毁掉它呀！唉，现在说这些已经晚了。这样吧，我送你一个球，你把它放在地上滚，它滚到哪里，你就勇敢地跟到哪里，希望它能带你到达你想去的地方。"

伊凡王子谢过老人，把老人送给他的球放到地上。球不停地往前滚动，伊凡王子便跟在球的后面赶路。

走着走着，他在原野上碰到一只熊，便举起枪瞄准了它。这时，熊开口说道："伊凡王子，请不要打死我，有一天我会帮到你的。"

伊凡王子觉得这只熊挺可怜的，便放了它，继续往前走。他看见头顶飞过一只野鸭，便举起枪瞄准了它。这时，野鸭开口说道："伊凡王子，请不要打死我，有一天我会帮到你的。"

伊凡王子觉得这只鸭子也挺可怜的，便放了它，继续往前走。一只兔子突然从面前跑过，伊凡王子举起枪瞄准了它。这时，兔子开口说道："伊凡王子，请不要打死我，有一天我会帮到你的。"

伊凡王子觉得这只兔子同样挺可怜的，便放了它，继续往前走。前面出现了一片蔚蓝的大海，伊凡王子看到沙滩上有一条鱼，由于缺水已经奄奄一息。鱼看到伊凡王子，连忙喊道："伊凡王子，请可怜可怜我，把我扔到大海里去吧，有一天我会帮到你的。"

于是，伊凡王子把鱼捡起来，扔到了海里，然后沿着海岸继续往前走。不知道又走了多久，球滚进了一片树林，树林里有一座房子在一圈一圈地旋转。当球滚到房子跟前时，球停了下来，旋转的房子也停了下来。

伊凡王子走进房子，看见一个老巫婆正躺在暖炕上，长长的鼻子几乎要顶到天花板了。

"亲爱的小伙子，你刚才帮了我的大忙，我都快被这座房子转晕了。"老巫婆说，"你来这里做什么呢？有什么需要我帮你的吗？"

伊凡王子说："我正在寻找我的妻子，她的名字叫瓦西丽莎，她变成一只杜鹃飞走了。"

"噢，我知道她。"老巫婆说，"你的妻子正在不死的老人那里。要想救出你的妻子，你得先制服不死的老人，这可不是一件容易的事。你要记住，他的命根子在一根针的针尖里，针在一颗蛋里，蛋在一只鸭子的肚子里，鸭子在一只兔子的肚子里，兔子在一个石头箱子里，石头箱子在一棵又高又大的橡树上，而这棵橡树，是由不死的老人亲自看守的，他像守护自己的眼睛一样每天守着它。好了，我能告诉你的就是这些了，祝你好运吧！"

伊凡王子离开老巫婆的房子，沿着她指的方向往前走去，不知道又走了多远，终于看到一棵又高又大的橡树，橡树上有一个石头箱子。如何才能得到这个箱子呢？这可真不是一件容易的事。

就在这时，不知从哪里突然跑过来一只熊，直直地冲到橡树跟前，疯狂地撞起来。树身剧烈地摇晃，树上的石头箱子摔下来裂开了。一只兔子从箱子里跑出来，眼看就要不见了。这时，另一只兔子突然冒出来，疯狂地追赶，很快追上了前面那只兔子，把它撕了个粉碎。从那只兔子的肚子里，又蹿出一只鸭子来。这时，一只野鸭突然飞过来，直直地朝那只鸭子冲过去，把它撕了个粉碎。从那只鸭子的肚子里滚出一颗蛋，没等伊凡王子反应过来，那颗蛋已经滚到了蓝色的大海里……

　　伊凡王子追到海边，难过得眼泪都出来了——大海茫茫，去哪里找那颗蛋呢？就在这时，一条鱼游了过来，嘴里衔着的正是那颗蛋。伊凡王子把蛋打碎，从里面拿到一根小针。他捏着针尖，用力向两边拗，每拗一次，那个不死的老人就浑身哆嗦一次。伊凡王子拗了一百下，不死的老人就哆嗦了一百下。最后，伊凡王子把针尖拗断了，不死的老人也一命呜呼了。

　　伊凡王子走进不死的老人的宫殿，救出了心爱的瓦西丽莎。瓦西丽莎紧紧地拥抱着伊凡王子，久久不愿意松开。随后，伊凡王子和瓦西丽莎一起向家的方向走去……

康恩·艾达的故事

（爱尔兰）

很久很久以前，在爱尔兰西部有一个强大的王国，国王是一个了不起的武士，有着万夫莫当之勇。国王的名字叫康恩，他不仅英明神武，还非常爱护自己的人民。他的王后名叫艾达，是一位来自不列颠的公主，同样备受臣民的爱戴。百姓们都认为，这一对高贵贤德的夫妻，一定得到了上天的庇佑，在他们的治理下，整个王国繁荣昌盛，人们生活幸福。

康恩国王和艾达王后有一个儿子，为了表达对这位独子的爱，他们把自己的名字合在一起，作为孩子的名字，于是这个孩子便叫康恩·艾达。在生下康恩·艾达之后不久，艾达王后就得了重病，只几天便去世了。康恩国王和整个王国的臣民都陷入了巨大的悲痛之中。

后来,在大臣们反复的建议下,康恩国王娶了一位新王后。刚开始的几年,新王后效仿善良的艾达王后,获得了臣民们的不少称赞。

可是在她生了几个孩子之后,她的想法改变了,因为她发现,国王和百姓们都非常喜欢康恩·艾达王子。可以想到的是,老国王去世之后,一定会是他继承王位。这样一来,她的亲生儿子就不能称王了。于是,新王后逐渐对康恩·艾达充满了嫉妒和仇恨,决定不惜一切代价除掉他,或者把他驱逐出国。

新王后暗中打听,找到了一位巫婆,据说她拥有过人的魔力。新王后悄悄来到巫婆的小屋,向她说明了自己的意图。

巫婆听后,冷冰冰地说:"想让我帮你,你能给我什么报酬?"

王后不耐烦地说:"你想要什么报酬,直接说吧。"

"我的报酬嘛,很简单。"巫婆说,"你只需要在我的胳膊下面塞满羊毛,在我用小棍子挖的洞里塞满红麦。"

王后觉得这个要求确实很简单,便一口答应了她。

随后,巫婆站在自己家门口,举起胳膊,让王后带来的皇家侍卫通过她胳膊下面的空当,往屋子里塞羊毛,一直把屋子塞得满满当当才停下。接着,巫婆爬上自己家的大仓库,用卷线棒在屋顶戳了一个小洞,然后让王后安排人往里面灌红麦,一直灌到整个仓库连一粒红麦都塞不下了才停止。

王后知道自己被奸诈的巫婆耍了，不过与除掉康恩·艾达比起来，这点代价对她来说根本不算什么。她对巫婆说："你想要的报酬都已经拿到了，现在可以告诉我该怎么做了吧？"

巫婆拿出一副象棋，依旧语气冰冷地说："拿着这副象棋，去找王子跟你下棋，记得事先定好赌约，赢的人可以要求输的人做任意事情。放心，我会保证你赢第一场。你赢了之后，就可以给王子两个选择：要么被流放到国外，永远不准回来；要么在一年零一天的时间内，去厄恩湖的费波尔格王国，从王宫的花园里摘下三颗金苹果，再把他们国王的黑马和神犬一起带回来。"

"费波尔格王国？"王后问，"那不是传说中的地方吗？"

"对，传说它在厄恩湖的湖底，普通人根本无法到达。"巫婆说，"我让你要的这三样东西，每一样都非常珍贵，就算王子真的能到费波尔格，也无法拿到这三样东西。他如果去了，就等于送死。这是一个根本不可能完成的任务。"

王后听到这里，顿时欣喜若狂，她接过巫婆手中的象棋，迫不及待地回到王宫，然后邀请康恩·艾达来和她下棋，并按照巫婆的指示和他定下了赌约。

情况果然如巫婆所说的，第一局王后非常轻松地获胜了。康恩·艾达希望再战一局，被胜利冲昏头脑的王后不假思索地答应了。结果第二局康恩·艾达赢了,这让王后非常恼怒。

"好了,我们来履行约定吧。"康恩·艾达说,"你赢了第一局,你先提要求。"

"我的要求是:你要在一年零一天的时间内,去厄恩湖的费波尔格王国弄来三样东西——王宫花园里的三颗金苹果、国王的黑马和神犬。如果做不到,你就要被流放到国外,永远不准回来。"

"好吧,下面该我提要求了。"康恩·艾达说,"看到那个高塔了吗?我要你坐在那个塔尖上,在我回来之前,一步也不准离开。如果一年零一天之后我没有回来,你就可以从上面下来,恢复自由。"

和王后完成约定,亲眼看着她坐到塔尖上之后,康恩·艾达也动身出发了。

可是,传说中的费波尔格王国究竟在哪里呢?还有王后要求的那三样东西,他更是完全不知道该如何获得。康恩·艾达漫无目的地往前走着,根本不知道该去哪里。后来,他想起了一位名叫费奥恩·达哈的朋友。此人擅长占卜和魔法,也许能够给自己一些帮助。于是,他来到了费奥恩·达哈的家。

费奥恩·达哈听康恩·艾达讲完事情的经过,叹了口气说:"亲爱的王子,这是一个几乎不可能完成的任务,向你提出这个要求的人,为的就是要你的命啊!我的能力有限,没办法帮你完成任务,不过我建议你去找人头鸟,也许这只鸟有办法帮你,它对过去、现在和未来的事情都一清二楚。"

"怎么找到这只鸟呢?"康恩·艾达问。

"骑上这匹栗色的小马,拿上这块宝石,现在就出发,因为三天之后这只人头鸟就会消失不见。"费奥恩·达哈说,"栗色小马会带你找到人头鸟的藏身之处,如果人头鸟拒绝回答你的问题,你就把这块宝石给它,它便愿意回答你了。"

康恩·艾达谢过费奥恩·达哈,骑上栗色小马出发了。这匹马非常神奇,松开缰绳之后会自己选择方向奔跑,而且还会说话。

经过三天三夜的奔波,在栗色小马的带领下,康恩·艾达终于来到人头鸟的藏身地。他走上前去,向人头鸟寻求帮助,可是人头鸟看了看他,又看了看他骑着的栗色小马,一句话也不愿意说。

康恩·艾达想起费奥恩·达哈的交代,从怀中取出那块宝石,递到人头鸟面前。人头鸟看到宝石之后,立刻衔着它飞到一块又高又陡峭的岩石上,并对康恩·艾达说:"康恩·艾达王子,搬开你右脚下面的石头,那里有一个铁球和一个杯子,拿上它们,然后把铁球丢在地上任它滚动。接下来,你的马会告诉你该怎么做。"说完这些,人头鸟衔起宝石飞走了。

康恩·艾达搬开右脚下面的石头,果然找到一个铁球和一

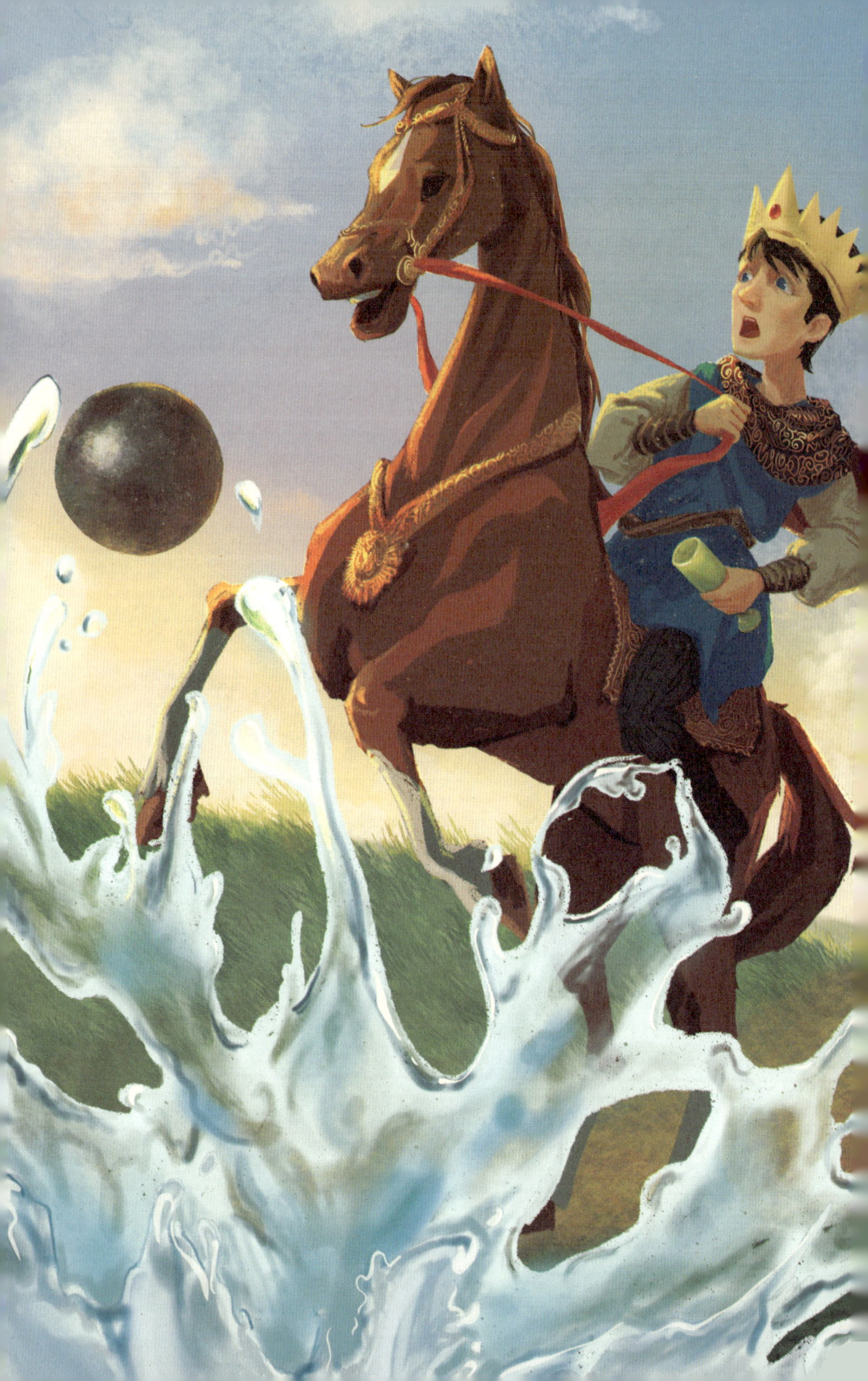

个杯子。他拿起它们上了马,把铁球丢到地上,球快速向前滚动起来。栗色小马叫了一声,立刻跟着球向前奔跑。

不知道跑了多久,也不知道跑了多远,一片巨大的湖泊慢慢出现在康恩·艾达面前——他终于来到了厄恩湖畔。铁球还在向前滚动,一直滚到湖水里,消失不见了。

"康恩·艾达王子,"栗色小马说,"请把手伸进我的耳朵,取出一小瓶冰块和一个小篮子,然后握紧缰绳。接下来,我们要迎接真正的挑战了!"

康恩·艾达把手伸进小马的耳朵,取出装冰块的瓶子和一个小篮子,然后握紧缰绳。栗色小马纵身一跃,跳入湖中。

神奇的是,湖底像是另外一个世界。栗色小马继续向前奔跑,湖面像天空一样高悬在头顶。之前消失的那个铁球,此刻又出现在康恩·艾达面前,还在向前滚动。栗色小马跟着铁球,马不停蹄地继续向前。

铁球把他们带到一个类似堤坝的地方,看上去像是一道高高的城墙。三条可怕的怪蛇盘踞在上面,张着大嘴,露出可怕的獠牙,嗞嗞地吐着红色的信子。普通人只要看上一眼,恐怕就会被当场吓晕。

"听着,把刚才的篮子取出来,里面有三块肉,你把它们分别扔进三条蛇的嘴里。"栗色小马对康恩·艾达说,"记住,一定要准确地扔进去,这样我们才有希望通过这道关卡,否则我们就完蛋了!"

康恩·艾达把手伸进篮子,里面果然有三块肉。他拿起一块肉,趁着其中一条蛇嘴巴张得最大的时候,迅速把肉扔出去,刚好扔进蛇的嘴巴里。随后,他拿起剩下的两块肉,依次丢进另外两条蛇口中,每一次都果断而精准。

"太棒了!"栗色小马夸赞道,"你将来一定会大有作为的!"

说完这句话,栗色小马猛然跃起,跨过怪蛇看守的关卡,直直地向上跃出湖面。铁球还在他们前面快速滚动,栗色小马紧紧地跟着它,来到一座大山跟前。

这座大山非同一般,山上全是熊熊燃烧的火焰,滚滚热浪扑面而来。

"抓紧缰绳!"栗色小马喊道,"我又要跳了,千万别掉下去了!"

看着眼前炼狱般的场景,康恩·艾达心里说不出的害怕,他紧紧地贴在小马身上。小马后退几步,突然加速向前,腾空跃起,箭一般地飞过燃烧的大山。熊熊火焰紧贴着他们的皮肤和毛发掠过,差一点将他们吞噬。

"康恩·艾达王子,你还活着吧?"栗色小马问。

"倒是还活着,"康恩·艾达说,"差一点就被烧焦了!"

"活着就好。"栗色小马说,"康恩·艾达王子,经过这次劫难,我觉得你以后一定会功成名就的。现在,最大的危险已经过去了,还剩下最后一关,我相信一定也能够顺利通过。你可以把瓶子里的冰块取出来一点,涂在烧伤的地方。"

康恩·艾达从瓶子里取出一块冰,涂在烧伤的皮肤上。他顿时感到一阵清凉,伤口以肉眼可见的速度愈合,很快恢复如初。他惊讶得睁大了眼睛。

他们跟着铁球又往前走了一段路,来到一座高墙围绕的城市。整个城市只有一扇大门,大门两侧没有看守的武士,但有两座高塔,不停地向城门口喷射着火焰。

"听着,康恩·艾达王子,"栗色小马说,"在我的另一只耳朵里有一把小刀,请用它把我杀死,然后剥掉我的皮。你披着我的皮,就能安然无恙地穿过大火进城。"

"什么?"康恩·艾达惊叫道,"忠诚的小马啊,你居然让我杀了你,我怎么忍心下手!"

"请不要考虑太多,这是唯一的选择。"栗色小马冷静地说,"如果你想报答我的牺牲,就在进入大门之后马上出来,赶走那些吃我身体的鸟,把瓶子里剩下的冰水滴在我身上。只要你能做到这一点,我们所有的磨难就都结束了,请相信我吧!"

康恩·艾达在栗色小马的不断催促下,从它的耳朵里取出小刀,含泪杀死了它。随后,他按照小马的指示,把它的皮披在自己身上,朝城门走去。果然,小马的皮就像是一层防护罩,高塔上喷出的烈焰完全伤不到他,他顺利地通过了城门。

入城之后，他觉得自己一下子进入了另一个世界。城里车水马龙，街上人来人往，一派繁华景象，各种好吃的、好玩的，还有一些从未见过的新奇玩意儿都在向他招手。可他心里挂念的只有他的栗色小马，他丝毫不敢在城里耽搁片刻，刚刚跨进城门，便随即转身出了城，回到栗色小马身旁。

一群乌鸦和一些别的说不上名字的鸟，正在疯狂地啄食栗色小马的身体。康恩·艾达连忙赶走那些鸟，取出装冰块的瓶子，把里面的冰水全都倒在了血肉模糊的小马的身上。神奇的事情发生了，冰水一滴下去，小马的身体便发生了变化。几分钟之后，康恩·艾达惊喜地发现，小马变成了一个英俊又高贵的年轻人。年轻人从地上坐起来，紧紧地拥抱着康恩·艾达，激动得流下了眼泪。

"最最尊贵和伟大的康恩·艾达王子，能遇到你真是我一生最大的幸运！"年轻人声音颤抖地说，"你看，在你的帮助下，我终于变回人形了！"

"这到底是怎么回事？"康恩·艾达虽然也很高兴，可他也很迷惑。

"现在，我可以告诉你一切。"年轻人说，"我是前面这座城市的国王的弟弟，而这个国家就是你要寻找的费波尔格王国。我被费奥恩·达哈施了魔法，变成了一匹栗色小马，只有你对我做出刚才的举动，我身上的魔法才能解除。说起来还要感谢我的妹妹,她就是你的继母——新王后去找的那个巫婆。王后找到我妹妹之后,她将计就计,让王后要求你去寻找费波尔格王国的三样东西。请相信我,她对你没有任何恶意,只有满腔的尊敬。现在请随我进城吧,我的哥哥正在等着我们,你所要的金苹果、黑马和神犬,全都是你的了。"

康恩·艾达此刻终于明白了一切,和面前的年轻人一样欣喜若狂。他们一起进城,来到费波尔格王国的宫殿,得到了年轻人的国王哥哥和大臣们热烈的欢迎。康恩·艾达在那里住了很长一段时间,直到与王后约定的时间快要到了,才带着三样东西离开。国王和弟弟一起送别了他,并和他约定以后每年都相聚一次。

康恩·艾达顺利回到父王的宫殿,他的继母王后还坐在高塔的塔尖上。这已经是约定的最后一天了,她满以为自己马上就可以获得自由,而且王位的继承权也会顺理成章地落到自己的儿子身上。但她的如意算盘落空了,当随从告诉她康恩·艾达王子已经回到王宫的时候,她根本不愿意相信这是真的。

很快,康恩·艾达来到她的面前。当她看到他骑着一匹黑色的骏马,牵着一只带着银项圈的神犬,同时手里捧着三颗闪闪发亮的金苹果时,她终于相信这一切都是真的。康恩·艾达胜利完成了任务,她的计划完全落空了。

康恩·艾达顺利继承了王位,他把三颗金苹果种在花园里,长出了三棵苹果树。在这三棵神树的庇护下,他的王国每年都风调雨顺。黑马和神犬也成了他的忠实助手,他的王国很快变得像传说中的费波尔格一样富饶和幸福。

爱父亲如盐

（意大利）

从前，有一个国王，他有三个女儿：大女儿的头发是褐色的，是个丑姑娘；二女儿的头发是栗色的，长相平平；小女儿的头发是金色的，不仅长得很漂亮，心地也非常善良。时间长了，两个姐姐都很嫉妒妹妹。

国王还有三个御座：一个是白色的，国王高兴的时候会坐到上面；一个是红色的，国王心情一般的时候会坐到上面；第三个是黑色的，国王发怒的时候则会坐到上面。

一天，国王被大女儿和二女儿惹生气了，便坐到了黑色的御座上。女儿们一看父亲生气了，连忙来到父亲跟前撒娇，希望能让父亲开心一点。

大女儿先过来了,她问父亲:"父王,您坐到了黑色的王座上,是不是在生我的气?"

国王说:"哼,当然生你的气!"

"为什么呀,父王?"

"因为你根本就不爱我!"

"谁说我不爱您?父王,我非常爱您!"

"那你告诉我,你怎么爱我?"

"我爱您,就像爱黄金一样!"

国王很喜欢黄金,听到大女儿这样回答,舒了一口气,心情平复了不少。大女儿的回答,确实让他挺满意。

这时,二女儿过来了,她问父亲:"父王,您坐到了黑色的王座上,不会是在生我的气吧?"

国王说:"哼,当然生你的气!"

"为什么呀,父王?"

"因为你根本不爱我!"

"不,我很爱您呀!"

"那你告诉我,你怎么爱我?"

"我爱您,就像爱宝石一样!"

相比黄金,国王更喜欢宝石,听到二女儿的回答,也很满意,看上去心情好了很多。

这时,小女儿眉开眼笑地走了过来,对父亲问道:"啊,父王,您怎么坐到了黑色的王座上,不会是生我的气了吧?"

"哼,是生你的气,因为连你也不爱我。"

"我很爱您呀!"

"那你告诉我,你怎么爱我?"

"我爱您,就像爱盐一样!"

"什么?"国王听到小女儿的回答,顿时勃然大怒,"你居然说像盐一样!像盐一样!你真是个邪恶的人!快滚开,我再也不想见到你了!"

盛怒之下,国王命令侍卫,将小女儿带到树林里处死。

小女儿叫吉佐拉,王后平时最心疼的就是她。王后听说国王的命令后,连忙想办法把吉佐拉从侍卫手中救了回来。王宫里有一座很大的银制烛台,里面刚好可以藏一个人。为了不让国王发现,王后便把吉佐拉藏到了里面。

王后在烛台里放了一些干果、甜饼和巧克力,然后吩咐最信任的一个侍从说:"你把烛台拿到广场上卖掉吧。记住,如果碰到穷人就把价格抬高,碰到有钱人就低价卖给他。"

侍从带着烛台来到广场上,由于烛台很漂亮,吸引了很多人来问价。凡是看到自己不喜欢的人,侍从就会把价格说得很高,把对方吓走。高塔国的王子刚好从这里路过,一眼便看上了这个烛台。他向侍从问价,侍从看他衣着华贵,长相英俊,便报了一个很低的价格。王子当即把烛台买了下来,让人带回

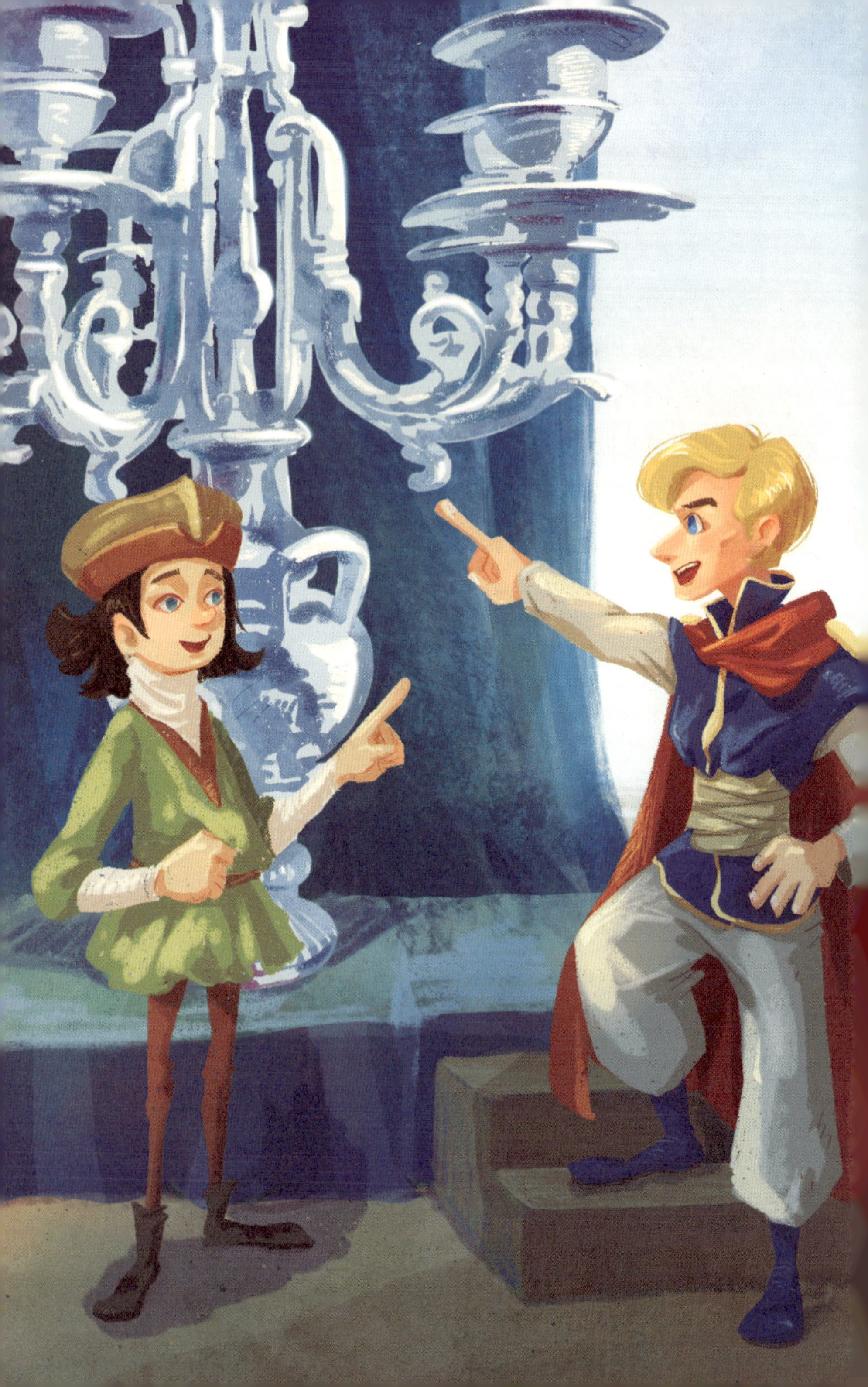

高塔国的王宫,摆放在餐厅里。所有看到烛台的人,都惊叹它精湛的工艺。

晚饭前,王子有事出去了,仆人们把晚餐准备好之后,便去休息了。

吉佐拉听到餐厅里的人都离开之后,便悄悄地从烛台里钻了出来。她饿坏了,扑到餐桌跟前,把饭菜全吃光了。随后,她又悄悄地躲回烛台。

不久,王子回来了,看到桌子上的饭菜居然一点不剩,就把仆人们全叫了过来,对他们大发雷霆。仆人们一个个觉得很冤枉,他们纷纷发誓,已经准备好晚餐了,一定是被小猫或者小狗偷吃了。

"要是以后再发生这样的事情,我就把你们全赶出去。"王子说完,让人重新准备了一份晚餐,吃完便睡觉去了。

第二天晚上,仆人们在做好晚餐之后,特意把所有的门窗都关好了,结果还是发生了同样的事情,餐桌上的饭菜又被吃光了。

王子气得大声咆哮起来,几乎要把宫殿的天花板都掀翻了。发完脾气之后,王子有点赌气地说:"我倒要看看,明天晚上是不是还会发生同样的事情。"

第三天晚上,王子没有再离开王宫,而是悄悄躲到了餐桌下面。餐桌上铺着垂到地板的台布,刚好可以把他遮住。等仆人们把晚餐做好，陆续离开餐厅之后，美丽的吉佐拉便从烛台里钻了出来，走到餐桌旁狼吞虎咽地吃起来。王子从餐桌下跳出来，一把抓住了吉佐拉的胳膊。吉佐拉大惊失措，想要逃走，但王子紧紧地抓着她，让她无法挣脱。

吉佐拉跪倒在王子面前，向他讲述了自己的遭遇。王子从见到吉佐拉的第一刻起，就深深地爱上了她。王子温柔地安慰她，等她平静下来之后说："我想告诉你的是，我要娶你为妻，你再也不用担心和害怕了。现在，你先回到烛台里吧。"

王子回到房间，躺在床上，久久不能入睡，他的心已经完全被美丽的吉佐拉占据了。

第二天一早，他便吩咐仆人把餐厅的烛台搬到自己的房间，说烛台太漂亮了，他想在夜里也能看到。随后，他又说自己饿了，让仆人把吃的送到房间，而且要双份的。仆人们按照他的吩咐，送来了两份丰盛的早餐。等仆人端着托盘出去后，王子便锁上房门，把吉佐拉叫出来，两个人一起高兴地吃了起来。

中午的时候，王子依旧让仆人把午餐送到房间，要的还是双份。到了晚上，还是一样。从此以后，王子再也没去餐厅吃饭了。

这让他的母亲——高塔国的王后觉得很是奇怪，叹着气说："我的儿子最近怎么总是躲着我，不跟我一起吃饭了？难道我哪里惹他不高兴了吗？"

王后问王子到底怎么了,王子一直不肯告诉她,只是安慰她不要担心,他只是有些自己的事情要做。

直到有一天,王子突然告诉母亲:"母后,我要结婚了。"

王后又惊又喜地问:"新娘是谁?"

王子回答道:"那个烛台,我想娶那个烛台!"

"天哪,我的儿子简直疯了!"王后用双手捂着自己的眼睛,难过地说。

王子却反复声称自己是认真的,任凭王后如何开导,他就是不听。最后,他吩咐下去,让大家在八天之内做好婚礼的各种准备。

婚礼那天,一队马车从王宫出发。按照当地的风俗,第一辆马车上应该坐着一对新人,可是围观的百姓们看到,那辆车上只有王子,王子身边没有新娘,只有一个银制的烛台。

到了婚礼现场,王子让人把烛台搬了下来。仪式正式开始时,王子打开烛台,吉佐拉从里面走了出来。只见她身穿华丽的盛装,身上挂满了璀璨的珠宝首饰,所有人都被她的美丽震撼了。

结婚仪式结束之后,他们一起回到王宫,向王后讲述了事情的经过。

王后听说了吉佐拉的经历,愤愤不平地说:"你的父亲太过分了,我一定要好好教训他一下。"

王后举行婚宴的时候，邀请了周边所有的国王前来赴宴，其中也包括吉佐拉的父亲。然后，王后吩咐后厨，为吉佐拉的父亲准备一份特制的饭菜，每一道菜里都不准放盐。

宴会开始时，王后对宾客们解释道，新娘有点不舒服，暂时不能出来，然后示意大家开始用餐。吉佐拉的父亲先是喝了一口汤，发现一点味道都没有，在心里嘀咕道："这个厨师真粗心，汤里竟然忘了放盐。"他喝不下去，只好把汤剩在那里。

接着，主菜上来了，但同样没有放盐。他尝了尝，只好又放下了叉子。

王后看到了，故意问道："陛下，您为什么不吃呢？难道不喜欢我们准备的菜肴吗？"

"啊，不，我很喜欢，我很喜欢。"吉佐拉的父亲尴尬地回答。

"那您为什么不吃呢？"

"呃，我觉得有点不太舒服。"

看到王后还在看着自己，他只好叉起一块肉勉强塞到嘴里。虽然他嚼来嚼去，努力想吃下去，可无论如何都难以下咽。这时，他突然想到了小女儿当初的话，她像爱盐一样爱他——此时此刻，他终于明白，原来盐才是这个世界上最重要的、最不可或缺的东西！他顿时感到又后悔又悲痛，放声大哭起来："天哪，我真惨哪，我做的都是什么事啊！"

王后问他怎么了，他便把吉佐拉的事情告诉了王后。这时，王后站了起来，吩咐仆人请美丽的新娘进来。当吉佐拉出现在她父亲面前时，可以想象到她父亲是多么震惊和喜悦！吉佐拉的父亲冲过去，紧紧地拥抱着自己的女儿，喜极而泣。